KB059130

아름다운 각선미,
얌전하게 자기 존재를 주장하는 가슴,
게다가 상기된 뺨,
힘없이 처진 귀. 그야말로──

"퍼펙트야.
업무용 복장인
메이드복 스커트를 짧게 만들고
앞가슴에 여유를 둔다는 폭거.
하지만, 그 부분이 좋군."

쿠로노 전기 3

이세계 전이한 내가 **최강**인 건
침대 위에서만인 것 같습니다

레온하르트 팔라티움

공작가 적남이자 '성기사'라는 이명을 지닌
제1 근위기사단 단장. 쿠로노가 라이벌로 보는 상대.

리오 케이론

궁술이 특기인 제9 근위기사단 단장.
쿠로노에게 흥미를 느껴 접근한다.

쿠로노

무훈을 세워 에라키스 후작이 된 소년.
티리아의 초대장을 받고 제도로 향한다.

"그렇……군.
좀 더 너와 춤을 추고 싶다."

티리아

케페우스 제국 황녀.
쿠로노를 친구라고 생각하여
무도회 초대장을 보낸다.

"이런 한낮부터 할 생각이야?"

쿠로노는 여주인의 등 뒤로 돌아갔다.
옷 밑으로 미끄러지듯 손을 집어넣어 풍만한 가슴을 만졌다.
중량감과 부드러움을 겸비한 훌륭한 가슴이다.
힘을 주자 손가락이 푹 잠겼다.

쿠로노 전기3
Record of Kurono's War

isekaiteni sita boku ga saikyou nanoha
bed no uedake no youdesu

이세계 전이한
내가 최강인 건
침대 위에서만
인 것 같습니다

일러스트 무츠미 마사토
사이토 아유무

커버 그림, 본문 일러스트 | **무츠미 마사토**

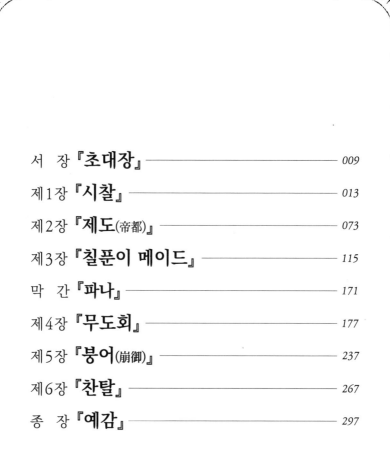

Record of Kurono's War
isekaiteni sita boku ga saikyou nanoha
bed no uedake no youdesu

　제국력 430년 10월 하순── 쿠로노는 서류에 서명한 뒤 이미 서명이 끝난 서류 위에 올려놨다.

　새로운 서류를 손에 쥐고 잘못된 부분이 없는지를 확인했다. 아무래도 오류는 없는 모양이다.

　서류는 노점 영업 허가에 관한 것이다. 잘못된 부분이 있어도 나중에 수정할 수 있다.

　그러니까 실수해도 괜찮다──는 건 아니다. 새로운 제도라면 더더욱 그렇다.

　쿠로노는 영주가 되어 가장 먼저 감세를 시행했다. 5월 하순의 일이다.

　그 결과 농촌에서는 농작물이 남았고, 농민은 그것들을 돈으로 바꿀 수단을 원했다.

　이 타이밍에 쿠로노는 노점 영업을 허가제로 바꾸었다. 다만 절차는 간단하게 했다.

　신청서를 쓰고, 일정 금액을 내면 1년간 영주가 지정한 장소에서 영업할 수 있다.

　심사도 노예 매매나 창관 영업 허가에 비하면 훨씬 느슨하다.

　물론, 이건 선의를 베푼 게 아니다. 신청이 간단하면 희망자가 늘어나지 않을까 하는 기대였다.

물건이 모이면 사람이 모인다. 사람이 모이면 돈도 모인다. 최종적으로 쿠로노의 재정 사정이 윤택해진다.

장사가 보편화되면 세금을 금전 납부로 바꾸기 쉬우리라는 기대도 있었다.

다만 어디까지나 기대다. 현시점에서는 이렇게 되면 좋겠다는 정도일 뿐이다.

"……이게 끝나면 어떻게 할까나."

서류에 서명하고 손을 멈췄다. 서류는 아직 더 남아 있지만, 점심때까지는 처리할 수 있을 것이다.

"점심을 먹으면 시찰하러 갈까."

쿠로노는 작게 중얼거렸다. 거리의 모습과 개척지 상황, 새로운 병영 건설 진척 등이 신경 쓰였다.

좋아, 오후는 시찰을 나가자. 그렇게 생각한 직후, 문을 두드리는 소리가 울렸다. 절묘한 힘 조절이다.

이 두드림은 앨리사일 것이다. 쿠로노는 앉은 자세를 바로 했다.

"들어와!"

"실례하겠습니다."

목소리를 높이지, 문이 조용히 열렸다. 앨리사가 공손하게 고개 숙여 인사한 뒤 입실했다.

"주인님, 제도에서 서한이 도착했습니다."

"가지고 와줘."

"알겠습니다."

앨리사가 가만가만 걸어 쿠로노한테 다가와, 고개를 한번 숙이고는 서한을 책상 위에 올려놓았다.

쿠로노가 서한을 손에 들자, 말없이 거리를 벌렸다. 내용을 보지 않으려는 배려다.

그 마음 씀씀이가 겸연쩍어, 마치 자신이 잘난 사람이 된 듯한 기분이 들었다.

물론 착각이다. 어쩌다 영주가 됐을 뿐, 자신 속의 알맹이는 변하지 않았다.

거만해지지 않도록 조심해야지, 하고 생각하며 쿠로노는 끈을 푼 뒤 서한을 훑어보았다.

문장이 길게 적혀 있지만, 요약하면 무도회를 개최하니 와 주십시오, 라는 내용이었다.

"아무래도 무도회를 여는 것 같아."

"……네."

앨리사는 아주 약간 뜸을 두고는 맞장구를 쳤다. 뭐라고 대답해야 할지 망설인 것이리라.

"오랜만에 아버지와 만나고 싶으니 참가하도록 할까."

"주인님의 뜻대로."

앨리사가 조용히 고개를 끄덕였다.

쿠로노는 문득 어떤 사실을 알아차렸다.

"제도에 간다면 호위를 얼마나 데리고 가야 할까?"

"죄송합니다. 저는 잘 모르겠습니다."

"사과하지 않아도 돼. 점심을 먹고 나면 시찰하러 갈 거니까, 케인을 만나면 물어볼게. 앨리사는 여행 채비를 부탁해."

"잘 알겠습니다."

앨리사는 공손하게 고개를 숙인 뒤 집무실을 나갔다.

"후우, 잘 먹었습니다."

쿠로노는 점심을 다 먹자 등받이에 몸을 기댔다. 단정하지 못하다는 생각은 들었지만, 영주 전용 식당에서 이를 비난할 사람은 없다. 그럴 터였다.

"조금 더 행동거지를 단정히 해."

여주인은 나무라는 것처럼 말하며 장식이 달린 쟁반 위에 식기를 쌓았다.

"남들 앞에서는 그렇게 할게."

"행실이나 예의는 건 평소에 갖추는 거야."

"남들 앞에서도 무심코 튀어나오니까?"

"뭐야, 잘 알고 있잖아. 그런 거니까 제대로 하도록 해, 제대로."

여주인은 자리를 뜨려다가 문득 걸음을 멈추더니 쿠로노를 돌아봤다.

"왜 그래?"

"쓸쓸한 표정을 짓고 있길래. 신경 쓰여서."

"그런 얼굴이었으려나?"

쿠로노는 뺨을 만져봤지만, 스스로는 알 수 없다. 여주인은 쟁반을 내려놓고 맞은편 자리에 앉았다.

"뭔가 고민거리라도 있어? 아니면 오늘 점심에 싫어하는 요리가 있었나?"

"고민거리는 없고, 싫어하는 요리도 없었어."

"그래?"

여주인은 수상쩍다는 듯이 미간을 살짝 찡그렸지만, 정말로 고민이 없었다. 싫어하는 요리도 마찬가지였다.

"……그러고 보니."

"뭐야, 역시 고민이 있잖아. 그래서, 어떤 고민이야?"

여주인이 몸을 내밀었다. 풍만한 가슴이 테이블 위에서 형태를 바꾸어, 골짜기가 한층 깊어졌다.

"최근 안주인이 미니스커트 메이드복을 입지 않는구나 싶어서."

"그건, 사정이 좀 있어."

여주인은 머뭇거리면서 말했다. 어떤 사정일까. 떠오르는 가능성은…….

"혹시, 나이에 관한 말을 들었어?"

"알고 있으면 말하지 말라고!"

여주인의 어조가 거칠어졌다. 화를 내는 건지 창피한 건지는 잘 모르겠지만, 얼굴이 새빨갛다.

"내가 보기에는 엄청 좋은데 말이야."

"거참 고맙네!"

여주인은 삐친 것처럼 고개를 돌렸다. 잠시 입을 다물고 있었지만, 이쪽을 힐끔 봤다.

"쿠로노 님이 보기에는 괜찮은 거야?"

"조금 전에도 말했듯이, 엄청 좋아."

"그, 그래? 나이를 생각하라는 말을 들었는데."

"난 신경 쓰지 않아도 괜찮다고 생각해."

아마 엘레나가 말한 것이리라. 혹은 아리데드와 데네브거나.

"젊은 여자애한테 그런 말을 들으면 이런저런 생각이 든단 말이지."

"그럼 나랑 같이 있을 때만 입는 건 어때?"

그러자 여주인이 벌레라도 보는 듯한 시선을 향했다. 아무래도 제안이 마음에 들지 않았던 모양이다.

"그건 쿠로노 님의 방을 말하는 거야?"

"안주인 방에서든 주방에서든, 둘만 있을 수 있는 곳이라면 어디든 좋지."

"좀 봐줘."

"진심이라고 말했으면서."

"그건…… 쿠로노 님이 버려진 강아지 같은 얼굴을 하니까 나도 모르게 말한 거야."

"아~, 안주인이 같이 있어 주지 않아서 쓸쓸하네."

쿠로노는 테이블에 엎드려 여주인의 손을 잡았다. 그러자 여주인은 몸을 움찔 떨었다.

"그런 말을 해봤자 소용없어."

소용없다고 말하면서도 여주인은 손을 뿌리치려 하지 않았다.

가망이 없는 건 아닌 듯했다.

"좀 더 강제적으로 밀어붙이는 편이 좋아?"

"무, 무슨 말을 하는 거야!"

여주인은 고개를 팩 돌렸다. 부끄러운 건지 뺨이 붉게 물들어 있다. 쿠로노가 손을 떼고 일어나자 여주인은 "아……" 하고 작게 목소리를 냈다. 어딘가 아쉬운 듯한 목소리였다. 그걸 깨달은 건지 더더욱 얼굴이 빨개져서는 고개를 숙이고 말았다.

풋풋한 반응이다. 그다지 경험이 없는 걸까. 짚이는 바가 몇 가지 있지만, 애초에 기댈 상대가 있다면 쿠로노를 후원자로 삼겠다고는 생각하지 않을 터다. 설마하니 싶기는 하지만, 강제로 밀어붙이면 어디까지 갈 수 있을까 하는 호기심이 앞섰다.

쿠로노는 여주인의 등 뒤로 돌아갔다. 붉게 물든 목덜미가 요염했다. 어깨를 만지자 여주인은 몸을 떨었다. 하지만, 그뿐이다. 저항은 없었다. 옷 밑으로 미끄러지듯 손을 집어넣어 풍만한 가슴을 만졌다. 중량감과 부드러움을 겸비한 훌륭한 가슴이다. 힘을 주자 손가락이 푹 잠겼다. 어디까지 들어갈 수 있을까. 쿠로노는 한층 더 힘을 넣었다.

"아야! 자, 잠깐!"

쿠로노의 손을 때리려는 생각인지, 여주인이 손을 들었다. 어쩔 수 없이 옷에서 손을 뺐다.

"나 참, 이런 대낮부터——!!"

여주인은 숨을 삼켰다. 쿠로노가 겨드랑이 밑으로 손을 뻗어

가슴을 콱 움켜쥐었기 때문이다.

여주인은 쿠로노의 손을 붙잡았지만, 그 힘은 연약했다.

"잠깐, 진짜로 그만해 줘."

"정말로 그만뒀으면 해?"

"――!!"

쿠로노가 원을 그리듯이 손을 움직이자, 그에 맞추어 여주인의 손도 움직였다. 이대로 갈 수 있는 데까지 가보고 싶지만, 오후는 시찰하겠다고 결정했다. 어쩔 수 없지. 오늘 밤 약속을 잡아 두고 철수하기로 하자. 존경받는 상사가 되고 싶으니까.

"안주인……."

"이런 한낮부터 할 생각이야?"

"……응, 오후에는 딱히 예정도 없고."

여주인이 달아오른 목소리로 말하자, 쿠로노는 뜸을 두고 고개를 끄덕였다. 미안, 나는 약한 남자야, 하고 여주인의 가슴을 애무하며 마음속으로 부하에게 사과했다.

"그러니까, 괜찮지?"

"…………괜찮을 리 없잖아!"

여주인은 그렇게 외치고는 일어섰다. 쿠로노한테서 거리를 벌리고, 흐트러진 앞가슴을 고쳤다.

"하마터면 넘어갈 뻔했네. 쿠로노 님은 영주니까 착실하게 일하도록 해."

"넘어왔어도 괜찮았는데."

"나, 나는 일하러 돌아갈 테니까 쿠로노 님도 제대로 일해!"

여주인은 쟁반을 손에 들고는 거친 발걸음으로 그 자리를 떠나갔다. 앞으로 조금만 더 밀어붙이면 됐는데, 하고 쿠로노는 한숨을 내쉬며 식당을 나섰다. 그랬더니 레이라가 복도에 서 있었다. 군복이 아니라 사복을 입고 있다. 이전에 픽스 상회에서 산 옷이다.

"무슨 일이야?"

"아, 저기, 그게…… 쿠로노 님의 예정은 어떻게 되시나요?"

"이제부터 거리를 시찰하러 갈까 하고 생각해서."

"그러면, 함께 가게 해주세요."

"괜찮겠어? 볼일이 있었던 거 아닌가……."

"급한 볼일은 아니니까요. 만약 폐가 된다면——"

"아니, 그런 건 아니야."

레이라가 슬픈 듯이 눈을 내리깔자, 쿠로노는 황급히 부정했다. 마을에 관해서는 나름대로 알고 있지만, 다른 각도에서 본 의견은 중요하다. 게다가 데이트 같아서 기쁘다.

"휴일에 데리고 다니는 건 미안하지만, 부탁해도 될까?"

"네, 물론이에요."

레이라는 기쁘게 고개를 끄덕여 주었지만, 언젠가 이 휴일은 메꾸어 줘야 하리라.

"그럼 갈까."

"네, 잘 부탁드립니다."

쿠로노가 걸음을 내딛자, 레이라도 걷기 시작했다. 어깨를 나란히 하고 후작 저택 복도를 나아간다.

"그러고 보니, 아리데드와 데네브는 어때?"

"어떠냐고 하심은?"

"미안. 말이 부족했네. 그 왜, 병사가 보충되어서 아리데드와 데네브를 백부장으로 승진시켰잖아? 백부장 일을 제대로 하고 있으려나 해서."

"그렇군요."

레이라는 그 말만 하고는 입을 다물었다. 신경이 쓰여 옆을 보니, 어렵다는 듯이 미간을 찡그리고 있었다.

그 표정을 보고 있자니, 두 사람이 백부장 일을 잘 해내고 있는지 불안해졌다.

"어디까지나 개인적인 감상입니다만, 요령 좋게 대장직을 맡아내고 있다고 생각합니다."

"확실히 요령은 좋아 보이지."

어째서인지 요령 좋게 일을 처리하는 모습이 아니라, 농땡이를 치고 있는 모습이 떠오르지만……

"부러워요. 저는 요령이 좋지 않아서……."

"레이라는 잘하고 있다고 생각해."

"감사합니다."

레이라가 연약한 미소를 띠었다. 아마, 인사치레로 받아들인 것이리라.

하지만 솔직한 감상이다. 일을 잘 처리하고, 거기다 공부까지

해내고 있다.

"레이라는 노력하는 재능이 있어, 분명."

"노력하는 재능이요?"

레이라는 곤혹스러워하는 듯한 어조로 말했다.

"노력은 참 힘든 일이란 말이지."

"노력하는 건 당연한 일이라고 생각합니다만……."

"그렇지. 하지만, 당연한 일을 한다는 건 어려운 거야."

군사학교에 있었을 무렵을 떠올렸다. 이론이야 어쨌건, 실기 계통 과목은 괴멸적이었다.

노력은 했지만, 성과가 거의 없어서 동기생들에게 바보 취급당하는 나날이 계속되었다.

세금으로 군사학교에 다니고 있다는 자각이 없었다면 마음이 꺾였을 게 틀림없다.

쿠로노와 레이라는 놓여 있는 환경이 다르지만, 노력을 계속하는 건 참으로 힘든 일이다.

"그러니까, 레이라는 노력의 재능이 있는 거야."

"감사합니다."

쿠로노와 레이라는 복도를 나아갔다. 잠시 후 메이드들의 즐거운 듯한 대화 소리가 들려왔다.

""쿠로노 님, 수고가 많으십니다.""

"그래, 너희도 수고가 많아."

엘프, 드워프 메이드와 인사를 나누고는 스쳐 지나갔다. 싱글

싱글 웃고 있던 건 레이라와 같이 있었기 때문일 것이라. 군인 출신이라고는 해도 여성이다. 편견일지도 모르지만, 사랑 이야기를 좋아하는 것이리라. 옆을 보니 레이라는 부끄러운 듯이 고개를 숙이고 있었다.

"시온 씨의 공부 모임은 어때?"

"저와 골디는 참가하고 있지 않습니다만, 다들 성실하게 공부하고 있다는 것 같습니다."

레이라는 면목 없어 하는 듯했다. 공부 모임에 참가하지 않는 것을 신경 쓰고 있는 것이리라.

하지만 그건 어쩔 수 없다. 가르치는 내용이 다르고, 이 이상은 오버 워크다.

"아리데드와 데네브도?"

"네, 두 사람 다 진지하게 노력하고 있습니다."

"흐음~ 의외인걸. 그 두 명은 농땡이를 피우리라 생각했는데."

"아마, 두 사람에게도 생각하는 바가 있었던 것 아닐까요."

"성실하게 공부하면 좋겠는데 말이야."

쿠로노는 절실하게 중얼거렸다. 두 사람의 경우, 진지하게 공부하는 모습이 아니라, 수업은 뒷전으로 돌리고 수다에 열중하고 있는 모습이 떠오르니 말이지.

쿠로노와 레이라는 입구 홀을 지나 현관문을 열었다. 밖으로 나오자 골디의 공방에서 망치를 두드리는 소리가 울렸고, 종이 공방에서 증기가 올라오는 모습이 보였다. 쿠로노는 두 공방이

순조롭게 가동 중인 것에 안도감을 느꼈다.

"더 빠릿빠릿하게 휘두르는 겁니다!"

쿠로노가 그대로 시찰하러 가려던 찰나, 페이의 목소리가 들려왔기에 걸음을 멈추었다. 목소리가 난 쪽을 보니, 화단 근처에서 페이와 10살 정도 되는 소년(구빈원에서 보호하는 아이로, 이름은 토니라고 한다)이 휘두르기 연습을 하고 있었다.

"사부, 빠릿빠릿하게라는 말로는 전혀 모르겠어. 좀 더 자세하게 설명해 달라고."

"좀 더 자세하게 말입니까?"

토니가 휘두르기를 중단하고 맥없는 목소리를 냈다. 그러자 페이는 손을 멈추고 생각에 잠겼다.

난해한 듯이 미간을 찡그리고는 아랫입술을 내밀고 있는 모습이 애교가 있었다.

"빠릿하게입니다, 빠릿하게!"

"전혀 바뀌지 않았잖아."

토니는 넌덜머리가 났다는 듯한 어조로 말했다. 하나를 보면 열을 안다고, 아마 다른 것들도 이런 느낌이리라.

"좀 더 공손한 말투를 쓰는 겁니다!"

"……하아."

토니가 깊게 한숨을 내쉬자, 페이의 한쪽 눈썹이 치켜 올라갔다.

아무리 그래도 때리지는 않겠지만, 놔둔다고 바람직한 사태가 될 것 같지도 않았다.

"페이, 오늘도 열심이네."

"쿠로노 님!"

쿠로노가 레이라를 데리고 가까이 다가가자, 페이는 등을 쭉 펴고 경례했다.

오른쪽 주먹을 왼쪽 가슴에 놓는 케페우스 제국군식 경례다. 전직 근위기사인 만큼, 훌륭한 경례다.

"그러고 보니 매슈와 소피는?"

"그 두 사람은……"

토니와 함께 행동하던 두 명의 이름을 꺼내자, 페이는 거북한 듯이 고개를 돌렸다.

안 좋은 예감이 든다. 다치게 한 게 아니었으면 좋겠는데.

"그 두 사람은……"

페이는 우물우물 중얼거렸다. 목소리가 작아서 들리지 않았다. 뭐라고 말한 것일까.

쿠로노는 레이라를 봤다. 그녀라면 무슨 말을 한 건지 알아들었을 터다.

"그 두 사람은——"

"말하면 안 되는 겁니다!"

페이가 말을 가로막자, 레이라는 묻는 듯한 시선으로 쿠로노를 쳐다봤다.

쿠로노가 고개를 끄덕이자, 레이라도 고개를 끄덕였다.

"그 두 사람은 시온 님한테 빼앗겨 버렸습니다, 라고 말했습니다."

"아아! 어째서 말해 버리는 것입니까?!"

두 제자가 도망친 창피함 때문인지, 페이는 양손으로 얼굴을 가리고는 무릎을 꿇고 풀썩 주저앉았다.

"아아, 끝장인 겁니다!"

"세상의 종말이 온 듯한 그런 목소리를 내지 않아도……."

"이걸로 지도력을 의심받고 만 겁니다! 출셋길이 막혀 버리고 말았습니다! 물리파인가(家)를 다시 일으키는 건 덧없는 꿈이 되어 버린 겁니다!"

"……시원시원할 정도로 자기 멋대로인 대사를."

혹시, 그게 원인이었던 거 아냐? 하고 쿠로노는 토니한테 시선을 향했다.

"사부가 제멋대로인 이유도 있을지도 모르지만——"

"어째서 제 편을 들어 주지 않는 겁니까!"

페이는 일어나서 토니의 말을 가로막듯이 외쳤다.

"아니, 하지만 쿠로노 님은 내 상사가 될지도 모르는 사람이잖아. 구빈원 운영비도 내주고 있고, 그런 사람한테 거짓말할 수는 없다고."

"라이벌 선언입니까! 벌써 하극상을 획책하다니 두렵습니다, 두려운 겁니다! 저는 악마의 아이를 제자로 삼고 만 겁니다!"

페이는 토니를 바라보며 몸을 부들부들 떨었다. 토니는 어이가 없다는 표정이었다.

"두 사람 다 공부하는 걸 더 좋아하는 것 같으니까 어쩔 수 없잖아."

"으그극, 검의 시대는 끝난 것입니까."

"그래도 난 검술을 좋아한다고. 검으로 입신출세한다니 멋지잖아."

"그렇지요! 멋있는 겁니다! 멋있는 건 정의입니다!"

페이는 분한 듯이 신음하고 있다가, 토니의 말에 기운을 되찾았다.

"하지만 공부도 중요하다고 생각해요."

"쿠, 쿠로노 님은 무훈을 세워 영주가 되었다고 들었습니다."

"그건……."

쿠로노는 머뭇거렸다. 솔직히 말하면 신성 아르고 왕국군과의 전투에 관해서는 언급하지 않았으면 한다. 그때 작전이 잘못되었다고는 생각하지 않지만, 아직 감정적으로 매듭짓지 못했다.

"그건 모두의 덕분이야. 영주가 될 수 있었던 것도 티리아와 아는 사이였던 덕분이고."

"티리아? 아아, 황녀 전하 말씀입니까. 하지만, 어떻게 황녀 전하와 알게 된 것입니까?"

"군사학교 동기였어. 연습전에서 이겼더니 저쪽이 내게 흥미를 품어서 말이지."

"그때, 검술은 도움이 되었습니까?"

"작전으로 이긴 거나 마찬가지였으니까, 검술은 그다지 도움이 되지 않았어."

그 작전도 티리아가 조금 더 주의가 깊었다면 통하지 않았을 것이다.

"나, 공부도 열심히 할래."

"그런!"

"사부, 그렇게 울 것 같은 표정 짓지 마. 검술도 열심히 할 거니까 말이야."

"그, 그렇군요."

페이는 휴, 하고 안도의 한숨을 내쉬었다.

"사부는 어떻게 할 거야?"

"저, 저는 검으로 출세할 겁니다! 무훈을 세워서, 가문의 재부흥을 이루어 내는 겁니다! 자, 휘두르기 연습입니다!"

하나, 둘, 하나, 둘—, 하며 페이는 휘두르기를 재개했지만, 몇 번인가 휘둘렀을 때 목검이 손에서 휙 빠졌다.

목검은 훌륭한 포물선을 그리며 날아갔고, 돌바닥 위에 떨어져 메마른 소리를 냈다.

"아와와, 손에서 빠져 버리고 만 겁니다. 쿠로노 님께 이런 꼴사나운 모습을 보여서는 끝입니다. 이제 모든 게 끝장나고 만 겁니다."

"사부는 정신도 단련하는 편이 좋다고 생각해."

안면이 창백해진 페이를 보며 토니는 깊은 한숨을 내쉬었다.

"페이에게 배워도 괜찮은 거야?"

"나까지 제자를 그만두면 외톨이가 되어 버리니까 말이지. 내버려 둘 수 없어, 역시."

쿠로노가 묻자 토니는 한숨 섞인 어조로 말했다. 제법 대견한 애다.

부모가 없어도 아이는 자란다고 하는데, 사부가 조금 글렀어도 제자는 성장하는 모양이다.

"그럼 우리는 이만 갈게. 레이라, 가자."

"네, 쿠로노 님."

쿠로노가 정문을 향해 걸음을 내딛자, 레이라가 약간 늦게 따라왔다. 쿠로노는 걸으며 공방을 바라보았다.

종이 공방이 아니라 골디의 공방 쪽이다. 공방에서는 드워프들이 빠쁘게 일하고 있었다.

"무슨 일 있으신가요?"

"골디가 안 보인다 싶어서."

"다른 곳에서 일하고 있는 것 아닐까요?"

"그럴지도 모르겠네."

쿠로노는 쓴웃음을 지었다. 아무래도 레이라 또한 골디가 쉬고 있다고 생각하진 않는 모양이다.

공방의 가동 상황에 관해 알고 싶었지만, 없다면 어쩔 수 없다.

공방 앞을 지나치자 레이라가 입을 열었다.

"쿠로노 님, 팔짱을 끼게 해주실 수 있을까요?"

"괜찮아."

"감사합니다."

레이라는 휴, 하고 안도의 한숨을 내쉬고는 살며시 팔을 감아왔다. 부드러운 가슴이 팔에 닿았다.

행복한 감촉에 얼굴이 싱글벙글해진다. 정문을 나섰을 때, 레이라가 다시 말문을 열었다.

"그 작전은 옳았다고 생각합니다."

"——!!"

쿠로노는 숨을 삼켰다. 아니, 놀랄 만한 일은 아닌가. 레이라는 총명한 여자아이다.

머뭇거렸던 모습을 보고, 쿠로노가 무슨 생각을 하고 있는지 상상할 수 있을 터다.

"쿠로노 님이 마음에 두실 필요는 없습니다."

"……그럴 수는 없는 노릇이야."

쿠로노는 어찌어찌 말을 쥐어짜 냈다. 책임을 팽개치는 짓은 하지 않겠다고 결정한 것이다.

단지, 딱 하나 걱정되는 것이 있다고 한다면…….

"쿠로노 님?"

"미안. 그래도, 괜찮아."

쿠로노는 미소 지었다. 자신은 불성실한 남자라고 새삼 생각했다. 레이라는 헌신해 주고 있다.

그런데도 자신은 그녀에게 책임을 떠넘기려 했다는 사실이 알려지는 것을 바라지 않고 있다.

그런 생각을 하고 있었더니 문득 귀여운 목소리가 들려왔다.

"주인님!"

걸음을 멈추고 목소리가 난 쪽을 보니 여자아이가 달려오는 참이었다. 앨리사의 딸인 앨리슨이다. 앨리슨은 쿠로노 앞에서 멈춰 섰다. 처음 만났을 때와는 달리, 청결감이 있는 차림이었다. 물론 머리카락도 잘 손질되어 있었다.

"안녕, 앨리슨. 잘 지내니?"

"네, 주인님 덕분이에요."

앨리슨은 기운차게 대답했다. 여전히 예의가 바르다.

"지금은 글방에 다니고 있던가?"

"……네."

앨리슨의 표정이 흐려졌다. 무슨 일이 있었던 것일까. 혹시, 괴롭힘을 당하고 있는 건가.

쿠로노는 심장이 콱 움켜잡힌 듯한 충격을 느꼈지만, 가능한 쿨하게 대응했다.

"그, 글방에서 무슨 일이 있었어?"

"아뇨, 그게, 저는 공부에 그다지 소질이 없는 모양이라…… 죄송해요. 모처럼 주인님 덕분에 글방에 다닐 수 있게 되었는데."

앨리슨은 당장이라도 울음을 터뜨릴 듯한 표정이었지만, 쿠로노는 내심 가슴을 쓸어내렸다.

"사과할 거 없어."

쿠로노가 눈짓하자, 레이라는 작게 고개를 끄덕인 뒤 팔을 뗐다.

앨리슨에게 다가가 시선을 맞추기 위해 한쪽 무릎을 땅에 찧었다.

"주인님, 옷이!"

"신경 쓰지 않아도 괜찮으니까. 이쪽을 보렴."

"……네."

앨리슨은 눈을 내리뜨며 시선을 이쪽으로 향했다. 그 눈동자에 깃든 것은 두려움일까.

쿠로노가 영주라는 것도 있겠지만, 모친—— 앨리사에게 가진 부담감도 있을 것이다.

"어째서 공부에 그다지 소질이 없다고 생각해?"

"다른 애들처럼 잘하지 못하니까요."

"그건 어쩔 수 없어. 왜냐면 이제 막 글방에 다니기 시작한 참이잖아."

"하, 하지만, 저는 성과를 내야만 한다고 생각해요."

"왜 그렇게 생각해?"

"그건…… 주인님의 도움이 되고 싶어서요."

앨리슨은 우물거리며 말했다. 부끄러운 것인지 얼굴이 새빨개져 있다.

"고마워. 기뻐."

"아, 아뇨! 주인님께서는 저희를 구해 주셨으니까 당연해요!"

쿠로노가 미소 짓자, 앨리슨의 얼굴이 한층 더 새빨개졌다. 귀까지 새빨갛다.

본심을 말하자면 이렇게 어릴 때부터 목적을 정해도 괜찮은 걸까 하는 생각이 들었지만, 앨리슨이 결정했다면 존중하기로 했다. 단지——

"그렇게 서두르지 않아도 좋아. 눈앞의 과제를 하나하나 클리어해 나가자."

"저, 저는 빨리 주인님의 도움이 되고 싶어요."

"그렇게 초조해하지 않아도 괜찮아."

"아, 주인님."

　쿠로노가 머리를 쓰다듬자, 앨리슨은 작게 소리를 냈다. 역시 얼굴은 새빨갛다.

"기다리고 있을 테니까."

"약속해 주실 수 있나요?"

"물론, 약속할게."

"감사합니다. 하지만, 지금 이대로는 몇 년이 걸릴지……."

　다소 표정이 누그러지긴 했지만, 불안함을 불식하지 못한 모양이다.

"앨리슨은 공부가 싫어?"

"싫지는 않아요."

"그럼 다행이야. 좋아하는 게 바로 능숙해지는 비결이거든. 좋아하는 건 열중할 수 있으니까 숙달이 빨라지는 거지. 그러니까 괜찮아."

"그러, 네요. 알겠습니다."

앨리슨은 살며시 미소 지었다. 귀여운 미소다. 5년 후라면 위험했다.

"그런데······."

"무엇인가요?"

"담장 그늘에서 시로랑 하이이로가 이쪽을 보고 있는데?"

"시로? 하이이로?"

앨리슨은 그렇게 중얼거리고는 뒤돌아봤다. 시선 끝에는 시로와 하이이로의 모습이 있었다.

담장 그늘에서 이쪽을 보고 있다. 군복 차림이기에 비번은 아닐 터이다만······.

"아, 멍멍아!"

"멍멍아?"

시로와 하이이로는 늑대 수인 아닌지? 하고 생각하며 일어서서 두 명을 봤다.

쿠로노와 눈이 마주치자, 두 사람은 조금 겸연쩍은 듯이 이쪽으로 다가왔다.

"저기, 아는 사이야?"

"네, 꽃을 팔고 다닐 때부터 알고 지낸 친구예요."

"그렇구나."

좁은 마을이긴 하지만, 사람에게는 의외의 연결 고리가 있는 모양이다.

"두 사람 다 어째서 담장 그늘에서 보고 있었던 거야?"

"앨리슨, 풀이 죽어 있었어."

"우리, 걱정되어서 쫓아왔어."

쿠로노는 시로와 하이이로를 빤히 쳐다봤다. 두 사람도 앨리슨을 친구라고 생각하고 있는 모양이다.

"멍멍아, 나는 괜찮아."

"다행. 무슨 일 있으면, 상담, 응할게."

"우리, 친구."

앨리슨은 살며시 걸음을 내디뎌 두 사람을 부둥켜안았다.

※

쿠로노는 레이라와 팔짱을 끼고 상업구를 걸었다. 제국 유수의 상회가 지점을 두고 있는 구역인 만큼 세련된 거리 경관이 펼쳐져 있다.

"여긴 문제없──"

"쿠로노 님, 발견한 것 같은!"

귀에 익은 목소리가 쿠로노의 말을 가로막았다. 어깨 너머로 등 뒤를 보니 아리데드와 데네브가 이쪽으로 돌진해 오는 참이었다.

"레이라하고 데이트라니 쿠로노 님도 여간내기가 아니고!"

"하지만, 조금이라도 괜찮으니까 우리한테도 신경 써 줬으면 하는 것 같은!"

아리데드와 데네브는 쿠로노와 레이라 앞으로 돌아 들어와서는, 전통극 배우 같은 포즈를 취했다.

"둘이 상업구에 있다니 별일이네. 뭔가 볼일이 있었어?"

"잘 물어봐 주셨습니다 같은!"

"어째서 물어보고 마는 겁니까 같은!"

두 사람의 의견이 갈렸다. 애처로운 침묵이 깔렸다.

""……""

두 사람은 입을 다물고, 눈만 움직여 서로의 모습을 확인했다.

"픽스 상회에서 물건을 산 것 같은!"

"거기에 억지로 따라가게 된 것 같은!"

"호오~, 뭘 샀는데?"

"이쪽 같은!"

한쪽이 책을 꺼냈다. 겉이 가죽으로 꾸며진 두꺼운 책이다. 제목은 적혀 있지 않았다.

흥미가 끌렸는지 레이라가 입을 열었다.

"어떤 책인가요?"

"지금은 어떤 책도 아니고."

"이제부터 정해지는 거야 같은."

두 사람이 퀴즈 같은 말을 하자, 레이라는 의아하다는 듯이 미간을 찡그렸다.

"즉, 아무것도 쓰여 있지 않은 책이라는 건가요?"

""그 말대로고!""

아리데드와 데네브는 손뼉을 짝짝 쳤다.

"이제 막 공부를 시작한 참——"

"장래의 목표고."

"레이라, 그건 말하지 않는 약속인 것 같은."

책을 들고 있는 쪽이 가슴을 펴고 말하고, 아무것도 들고 있지 않은 쪽이 한숨 섞인 어조로 말했다.

책을 들고 있는 쪽이 아리데드고, 아무것도 들고 있지 않은 쪽이 데네브일까.

"……둘 다 이쪽으로 와 봐."

""뭔가 용건이라도 있는 것 같은?""

쿠로노가 손짓하자, 두 사람은 경계심 없이 다가왔다.

"귀를 만져 주지."

"원하는 대로 같은."

책을 들고 있는 쪽이 뾰족한 귀를 이쪽으로 향했다. 어루만지자 간지러운 듯이 웃었다.

"다음은 나인 것 같은!"

"좋아좋아."

책을 들고 있지 않은 쪽의 귀를 만지자, 눈망울이 촉촉해졌다. 이걸로 알았다. 책을 들고 있는 쪽이 아리데드고, 들고 있지 않은 쪽이 데네브다. 상업구에서 만난 이후의 대화를 떠올렸다. 아무래도 아리데드가 먼저 이야기하고 데네브가 그 뒤를 따른다는 룰인 모양이다.

"그럼 우리는 공부 모임까지 느긋하게 보낼 거야 같은."

"방해꾼은 퇴각인 것 같은."

두 사람은 그렇게 말하고는 이 자리에서 떠나갔다. 분위기를 파악해 준 것일까.

"갈까."

"……네."

레이라는 아주 약간 뜸을 두고 대답했다.

※

상업구를 빠져나가면 광장이 나온다. 아마도 상업구와 거주구의 완충 지대로 만들어진 것이리라.

광장에는 노점이 늘어서 있고, 고소한 냄새가 감돌고 있다. 노점에서 파는 요리 냄새다.

쿠로노는 코를 킁킁거렸다. 썩은 냄새는 나지 않았다. 계절의 이유도 있겠지만, 쓰레기 버리기에 관한 시책이 잘 시행되고 있는 것이리라. 아니, 그건 너무 낙관적인가. 레이라와 팔짱을 끼며 거주구로 향했다.

"레이라, 쓰레기 버리기에 관한 시책은 잘 시행되고 있어?"

"규칙이 제법 스며든 모양이라, 이전만큼 주의하지 않게 되었습니다."

"아직 규칙을 안 지키는 사람이 있구나."

"쿠로노 님이 영주에 취임하시기 전까지 규칙 자체가 없었으니까요."

"규칙이 스며들 때까지 레이라나 다른 사람들이 힘내 줘야 하겠지만, 잘 부탁해."

"맡겨 주세요."

레이라가 자랑스럽게 말하자, 쿠로노는 자신의 오만함을 반성했다. 쓰레기를 버리는 데 규칙을 두었기 때문에 썩은 냄새가 희미해진 게 아니다. 레이라나 다른 사람들의 눈에 띄지 않는 활동이 결실을 본 것이다.

광장을 가로질러 거주구를 나아갔다. 그곳에는 나무나 벽돌로 만들어진 집들이 늘어서 있다. 상업구와는 비교가 되지 않을 정도로 어수선하지만, 쿠로노는 이쪽을 더 좋아했다. 뛰어다니며 노는 아이들이나 우물가에서 이야기꽃을 피우는 여성을 보면 마음이 가라앉았다.

"구빈원 시찰은 어떻게 하시겠습니까?"

"일단, 보고——"

"새로운 일이 들어왔어!"

위세 좋은 목소리가 쿠로노의 말을 가로막았다. 목소리는 구빈원 쪽에서 들려왔다. 목소리가 난 쪽을 보니 여성 한 명이 구빈원 앞에 서 있었다. 구빈원 직원이다. 직원 앞에는 일을 구하여 찾아온 남자들이, 직원 뒤쪽에는 책상으로 향하는 시온이 있었다.

"이번 일은 영주님의 일이야! 새로운 병영 건설! 보수는 일급

은화 3닢! 힘든 일이지만, 체력에 자신 있는 녀석은 찬스라고! 체력에 자신이 없다면 쓰레기 수집 일감이 있어! 이쪽은 은화 2닢이야!"

"병영 건설 일을 하고 싶어!"

"네, 넵! 건설 일이군요! 이쪽으로 와 주세요!"

남자가 책상 앞에 섰고, 시온이 깃펜을 움직였다.

"나는 쓰레기 수집 일을!"

"네! 쓰레기 수집이군요! 잠시 기다려 주세요!"

나도, 나도, 하며 남자들이 시온에게 쇄도했다. 인사하고 가고 싶었지만⋯⋯.

"어떻게 하시겠어요?"

"바빠 보이니까 그만두자."

네, 하고 레이라가 고개를 끄덕였고, 쿠로노와 레이라는 잰걸음으로 구빈원 앞을 지나쳤다. 더 나아가자, 여주인의 가게가 보이기 시작했다. 아니, 전 여주인의 가게인가. 지금은 쿠로노의 예전 부하가 점주로서 가게를 운영하여, 부하들의 휴식처가 되고 있다.

가게 앞을 지나쳤다. 볼일도 없는데 가게에 들러봐야 민폐를 끼칠 뿐이다. 병문안 건으로 자신이 환영받지 못하는 손님임을 배운 것이다. 마침내 마을 외연부(外緣部)에 왔을 때, 레이라가 쿠로노한테서 떨어졌다. 사기도 모르게 범춰 섰다.

"죄송합니다. 외연부는 치안이 아직 좋지 않기에 호위 임무에 전념하겠습니다."

레이라가 표정을 다잡고 말했고, 쿠로노는 허리에 매단 검에 손을 댔다.

내가 지키겠다든가 뭐 그런 대사를 말하고 싶지만, 자기가 약하다는 건 아주 자~알 알고 있다.

"경기가 좋아지면 치안이 좋아지려나."

"모르겠습니다. 하지만 경기가 좋아져도 일정 수의 범죄자는 나오리라 생각합니다."

"그러네."

쿠로노는 일본에 있었을 무렵을 떠올렸다. 일본은 풍요로운 나라였지만 그래도 범죄는 있었다.

범죄를 근절하는 건 불가능하다. 그렇다고 해서 포기할 수도 없는 노릇이다.

모든 사람을 구할 수는 없다고 하더라도, 쿠로노는 영주다. 영지를 풍요롭게 만들 의무가 있다.

레이라가 걷기 시작했고, 쿠로노는 그 뒤를 따랐다. 다행히 강도와 마주치지는 않았다.

그리고 성문에 다다랐다. 성문에서는 레오가 부하와 함께 덮개가 씌워진 마차를 체크하고 있었다.

위험한 매직 아이템 등이 없는지 확인하는 것이다.

풍채가 좋은 남자(아마도 상인이리라)가 작은 가죽 주머니를 내밀었다. 뇌물이다.

레오는 고개를 좌우로 가로저었지만, 남자는 끈질기게 가죽 주머니를 건네려 했다.

인제 슬슬 넌덜머리가 났는지, 레오는 위협하는 것처럼 이빨을 드러냈다.

그제야 겨우 뇌물이 통하지 않는다는 걸 이해한 듯, 남자는 가죽 주머니를 품에 넣었다.

잠시 후 마차가 움직이기 시작했다. 후속 마차가 없는 것을 확인하고 말을 걸었다.

"수고가 많아."

"옙, 쿠로노 님."

레오가 등을 쭉 펴고 경례했고, 부하들이 그에 뒤따랐다.

"편하게 있어도 돼."

"옙!"

레오와 부하들은 경례를 풀었다.

"보고 있었어. 뇌물을 건네려 하는 상인이 많아?"

"계속 거절하고 있으니까 말이다. 그런 짓을 하는 상인은 적어졌다."

"수고했어."

쿠로노는 다시금 격려의 말을 건넸다. 부하가 열심히 일하고 있기에 영지가 좋아지고 있다.

자신은 그들에게 부끄럽지 않은 상사가 되어야만 한다.

"쿠로노 님은 시찰인가?"

"응, 개척과 병영 건설 진척 상황을 확인해 두려고 생각해서."

"그런가. 가능하다면 연병장도 시찰할 수 없겠나?"

"연병장?"

"미노 부관이 신병들을 훈련시키고 있다."

"폐가 되지 않을까? 그 저기, 내가 뭔가 할 수 있는 것도 아니고."

"쿠로노 님은 보고 있기만 하면 된다. 그것만으로도 자극이 된다."

"그렇다면 좋겠는데."

쿠로노가 쓴웃음을 짓자, 레오는 이빨을 드러냈다. 아마 웃고 있는 것이리라.

그건 그렇다 치고 레오가 신병 걱정을 하다니. 의외로 남을 잘 돌보는 것일지도 모른다.

"그럼, 우리는 시찰을 계속할게."

"나도 여기서 내 일을 하겠다. 레이라, 부탁하마."

"물론입니다."

레이라가 걸음을 내디뎠고, 쿠로노는 뒤를 쫓았다. 성문을 나서니 황야가 펼쳐져 있다. 거기서 멈춰 섰다. 성벽을 따라 북쪽으로 나아가면 병영 건설 현장과 연병장, 남쪽으로 나아가면 개척지다.

"어느 쪽부터 시찰하시겠습니까?"

"병영과 연병장일까?"

"알겠습니다."

쿠로노와 레이라는 성벽을 따라 북쪽으로 나아갔다. 곧바로 지면에 파인 구멍이 보이기 시작했다. 남자들이 흙과 땀투성이가 되어 작업에 매진하고 있었다. 실바도 있었다. 그는 현장 감독으로 일하고 있다. 문제가 없다면 큰일을 맡길 예정이다.

어떤 일을 맡길지 생각하고 있자, 레이라가 입을 열었다.

"마치 마을이 넘쳐난 것 같군요."

"……그러네."

쿠로노의 눈에는 거대한 구멍밖에 보이지 않지만, 레이라의 눈에는 완성된 새로운 병영의 모습이 보이는 것이리라. 실제로 상당히 커지리라는 건 확실하다.

"이 뒤에는 어떻게 하는 건가요?"

"구멍을 다 파면 자갈을 깔고 콘크리트를 부어 넣는다는 것 같아."

"콘크리트를……."

쿠로노는 진지한 표정으로 고개를 끄덕이는 레이라를 곁눈질하며 내심 가슴을 쓸어내렸다.

실바에게 이야기를 듣지 않았다면 대답하지 못했을 것이다.

그건 그렇고 콘크리트가 있는 줄은 몰랐네, 하고 생각하며 쿠로노는 성벽을 올려다봤다.

지금까지 생각한 적도 없었는데, 이 세계에서는 콘크리트가 사용되고 있는 모양이다.

그것도 먼 옛날부터 나리나 성의 기초에 사용되고 있었다고 하니 놀라운 일이다.

"새 병영이 완성되면 편하게 지낼 수 있게 될 거야."

"네, 저도 그렇게 생각합니다."

레이라는 작게 고개를 끄덕였다. 지금의 병영에서는 부관인 미노가 1인실, 레이라를 비롯한 간부—— 백부장이 2인실, 직역이 없는 일반 병사가 6인실을 쓰고 있다. 직역으로 대우가 바뀌는 건 어쩔 수 없다고 쳐도, 일반 병사도 편하게 지낼 수 있도록 만들고 싶었다. 새로운 병영이 완성되면 지금의 병영을 개축하는 것도 좋을 것이다.

"다음은 연병장이네."

네, 하고 레이라가 끄덕였다. 쿠로노와 레이라는 성벽을 따라 북쪽으로 이동했다. 곧바로 연병장이 보이기 시작했다.

어라, 하고 쿠로노는 눈을 크게 떴다. 연병장이 운동 경기장처럼 되어 있었다.

신병이 진흙투성이가 되어 그곳에서 뛰고 있었다.

"어느 새에?"

"신병을 훈련시키기 위해 만들었습니다."

레이라가 약간 자랑스럽게 말했다. 태도로 추측건대 손수 만든 것이리라.

확실히 자세히 보니 목재 접합부에서 손수 만든 감이 느껴졌다. 높이도 이상하게 높았다.

안전한 걸까. 그런 마음이 전해졌는지, 레이라가 이쪽을 봤다.

"왜 그러시나요?"

"저거, 안전해?"

"위험합니다."

대답은 심플했다. 바람이 휘잉~ 하고 불었다. 차갑고 메마른 바람이었다.

"괜찮으려나?"

"잘못 떨어졌다간 죽습니다."

"누군가 죽었어?!"

"아뇨, 낙법을 어설프게 취하면 목숨과 직결된다는 말입니다. 사망자는 나오지 않았습니다, 아직."

"다, 다행이네."

쿠로노는 가슴을 쓸어내렸다. 위험한 말을 들은 듯한 느낌도 들지만, 기분 탓이다.

레이라는 '아직' 같은 말은 하지 않았다. 그녀는 마음 상냥한 여성이다.

"미, 미노 씨를 만나러 가자."

"미노 부관은 중앙에서 감독하고 있습니다."

"아, 그렇군."

연병장 중앙에서 미노가 목소리를 높이고 있다. 분명 신병을 북돋우고 있는 게 틀림없다.

쿠로노와 레이라는 미노가 있는 곳으로 향했다. 가까이 다가감에 따라 미노의 목소리가 명료해졌다.

"힘들어 보이는 낯짝으로 달리지 마라! 괴로워하는 것처럼 보이면 봐준다고 생각하는 거냐?! 유감이지만 나는 그런 물러터진 남자가 아니다! 내 일은 너희들 중에서 가망이 없는 쓰레기를 솎아내는 거다! 걸러지고 싶지 않다면 뛰어라! 뛰란 말이다!"

미노는 신병들을 매도하고 있었다. 실로 거침없는 매도다.

"미, 미노 씨?"

"대장, 무슨 일임까?"

쿠로노가 살짝 어색한 목소리로 이름을 부르자, 미노는 평소와 다름없는 말투로 대답했다.

"지금 건?"

"부끄러운 모습을 보이고 말았습. 보충병들…… 대부분은 신병임다만. 사회 물이 안 빠져 있어서 재교육하고 있었던 참이다."

쿠로노는 시선을 이리저리 옮겼다. 보충병──신병은 휘청휘청하고 있다.

"휘청거리고 있는데?"

"쉬지 않고 계속 달리게 시키고 있으니 말임. 거기 인마! 멈추지 마라!"

갑자기 미노가 거친 어조로 외쳤기에 쿠로노는 움찔하며 놀라고 말았다.

"죄송함다."

"쉬게 하지 않아도 괜찮겠어?"

"훈련 강도는 유념하고 있으니 문제없습."

털썩, 하는 소리가 울렸고, 뒤돌아보니 신병이 쓰러져 있었다.

"말하기 무섭게 쓰러졌습니다만?!"

"저건 쿠로노 님이 보러 와서 엄살을 부리고 있는 검다. 리저드, 물을 끼얹어 주라고!"

"·········알았다."

미노가 외치자, 리저드가 통을 들고 신병에게 달려갔다. 기분 탓인지 움직임이 둔하다. 파충류인 만큼 추위에 약한 것이리라. 리저드가 물을 끼얹자, 신병은 펄쩍 뛰어올라 재차 달리기 시작했다. 또다시 쿵, 하는 소리가 울렸다. 뒤돌아보니 미노타우로스가 쓰러져 있었다.

"아아, 한계라카이. 내는 더 못 뛰겠대이."

"······호르스인가."

쿠로노는 얼굴을 찡그렸다. 호르스는 힐끔힐끔 이쪽을 보고 있다. 기대로 가득 찬 눈이다.

"리저드, 물을 끼얹어 줘."

"그, 그런! 쿠로노 님꺼정 그래 말하는 기가?"

"뛰는 거랑 물벼락을 맞는 거, 어느 쪽이 좋아?"

"그런 벌레를 보는 것 같은 눈으로 보다니 너무하대이!"

물벼락을 맞고 싶지는 않았던 것이리라. 호르스는 일어나서 다시 뛰기 시작했다.

"대장, 훌륭한 지도였습다."

"사회 물이 빠질 때까지 달리게 해."

"물론임다."

쿠로노는 작게 한숨을 내쉬고는 다시 시선을 이리저리 움직였다.

"……스노우는 괜찮으려나?"

"기운 넘치게 뛰어다니고 있슴다."

어디일까, 하고 쿠로노는 시선을 옮겼다. 그러자——

"쿠로노 님!"

스노우가 5m 정도 되는 벽 위에서 손을 흔들고 있었다.

"위험해! 위험하다고!"

"걱정이 너무 많으심다."

미노의 말대로, 스노우는 위태로움 없이 벽을 내려와서는 뛰기 시작했다. 심장에 좋지 않다.

"레이라의 아이가 걱정이심까?"

"미노 부관!"

미노의 말에 레이라가 소리쳤다. 페이와 대련하다 목조르기를 당했을 때, 스노우가 레이라를 엄마라 부른 걸 말하고 있는 것이리라.

"이거 미안하군."

"더는 말하지 말아 주세요."

레이라는 타이르듯이 말했다. 이런 그녀도 귀엽다고 생각한다.

"그런데, 대장은 뭘 하러 오신 겁까?"

"훈련을 견학해 둘까 싶어서 말이지. 제법 고된 훈련이네."

"다소 빡세게 하고는 있슴다만, 기껏해야 훈련입죠. 도적이라도 나온다면——"

미노가 위험한 말을 했기에, 쿠로노는 못 들은 척했다.

"뭐, 정도껏 해."

"물론 죽게 두는 실수는 하지 않슴다. 신병은 살리지도 않고 죽이지도 않는 게 기본입죠."

"으, 응. 맡길게."

아무도 죽지 않기를, 하고 마음속으로 기도한 뒤 연병장을 뒤로했다.

※

쿠로노와 레이라는 성벽을 따라 남쪽── 개척지로 향했다. 갑자기 시야가 확 트였다.

"굉장해요, 쿠로노 님."

"나도 이 정도일 거라고는 생각지 않았어."

레이라가 감탄한 듯이 말하자 쿠로노는 고개를 끄덕였다. 이곳은 황야였다. 풀이 무성하고, 키가 작은 나무들이 자라며, 크기가 한 아름은 되는 바위가 굴러다니던 장소였다. 그런데 개척을 시작하고 나서부터 한 달도 채 지나지 않았는데도 황야가 벌써 밭이 되어 있었다. 종이의 원재료가 되는 나무를 재배하는 밭이다.

게다가 그 옆에서는 여전히 개간이 진행되고 있었다. 10명 정도가 잡초 베기, 돌 줍기에 종사하고 있었다. 밀을 이용해서 지면을 일구는 사람도 있었다. 레이라가 쿠로노를 감싸듯이 앞으로 나섰다. 나무 상자를 품에 안은 남자가 가까이 다가온 것이다. 고개를 숙인 상태라 얼굴은 잘 보이지 않았다. 남자가 고개를 들었다. 수염이 무성한 얼굴이 쿠로노의 눈에 들어왔다.

"어라? 골디?"

"오오! 쿠로노 님 아니십니까!"

나무 상자를 품에 안은 남자── 골디는 덜컥덜컥하는 소리를 내며 가까이 다가왔다.

상대를 보고 안심했는지 레이라가 숨을 휴 내쉬었다.

"공방에 없길래 오늘은 쉬는 날인 줄 알았어."

"오늘은 농기구 상태를 확인하고 있어서 말입니다."

골디가 나무 상자를 내밀었기에 안을 들여다봤다. 그러자, 낫 등의 농기구가 보였다.

이 농기구는 골디의 공방에서 만든 것이다. 그 밖에도 여러 가지 것을 제작하게끔 하고 있다.

기술 개발을 위해, 나아가서는 자신의 영지를 풍족하게 만들기 위해서다.

"평판은 어때?"

"잘 베이고 쓰기 쉽다고 호평입니다."

단지, 하고 골디는 나무 상자를 내려다봤다. 잘 보니 낫의 이가 빠져 있다. 혹사한 결과다.

"예리함과 내구력을 고루 갖추는 게 앞으로의 과제겠군요."

"의지하고 있어. 뭐, 내가 할 수 있는 건 이런 말이 전부지만."

"그 한 마디로 충분합니다. 그러면 전 공방으로 돌아가겠습니다."

골디는 쾌활하게 웃고는 쿠로노 옆을 지나쳤다.

"아! 골디!"

"무엇입니까?"

골디는 멈춰 서서 쿠로노 쪽을 향해 돌아섰다.

"실은…… 무도회 초대장이 왔거든."

"과연. 그렇다면 지붕이 있는 마차가 필요하겠군요."

흠흠, 하고 골디는 고개를 끄덕였다.

"지붕 달린 마차가 있던가?"

"이전 에라키스 후작이 쓰던 마차가 있습니다."

다행이네, 하고 쿠로노는 가슴을 쓸어내렸다.

"아직도 쓸 수 있으려나?"

"쓸 수 없는 물건을 쓸 수 있게끔 만드는 것이 대장장이이지요."

골디는 맡기라는 듯이 가슴을 폈다.

"설마, 이렇게나 빨리 마차를 개량하게 될 날이 오리라고는 생각지 않았는데 말입니다."

"찬물을 끼얹은 것 같아서 미안한데, 출발까지 시간이 별로 없어. 마차를 개량하는 건 어려우리라고 생각해."

"얕보시면 곤란하지요. 고객의 요망에 답하는 것이 뛰어난 대장장이입니다."

"나는 무사히 하셸과 제노를 왕복할 수만 있으면 충분한데."

"하하하, 쿠로노 님은 농담이 능숙하시군요."

골디는 쿠로노의 말을 웃어넘겼다.

"그럼, 부탁해도 될까?"

"반드시 기일에 맞춰 보이겠습니다."

"잘 부탁해."

"그러면, 저는 공방에 돌아가도록 하지요."

골디는 그렇게 말하고 뛰기 시작했다. 둔중해 보이는 겉모습에 어울리지 않게 발이 빠르다.

눈 깜짝할 사이에 시야에서 사라졌다. 레이라를 보니 시무룩한 얼굴을 하고 있었다.

"……제도에 가시는군요."

"미안. 맨 먼저 설명해둘 걸 그랬네. 실은 무도회 초대장이 왔어."

"그런, 가요. 어느 정도 뵐 수 없게 되는 건가요?"

"제도에 오래 있을 생각은 없지만, 20일 정도일까?"

"20일이나……."

레이라는 슬퍼 보이는 표정을 띠었다. 눈이 촉촉이 젖었다. 일반적으로 하셀에서 제도까지 일주일 정도 걸린다. 어디까지나 일반적으로—— 아무 일도 없을 때의 이야기다. 마차 여행에는 트러블이 항상 따라다니기 마련이기에 왕복 20일은 걸린다고 생각하는 편이 무난하다.

"같이 제도에 가지 않을래?"

"아뇨, 그건……."

레이라는 머뭇거렸다. 아마도 공사 혼동이 된다고 생각하는 것이리라. 무도회에 초대받았다는 것을 털어놓았다면 이야기가 순조롭게 진행되었을 텐데, 실수했다.

※

쿠로노와 레이라가 후작 저택으로 돌아가자, 케인과 그 부하들이 우물 근처에서 담소하고 있었다. 도적 출신이라 인상은 나쁘지만, 일은 성실하게 하는 모양이다.

케인은 쿠로노와 레이라의 존재를 알아차리자 대화를 중단하고 이쪽으로 다가왔다.

"쿠로노 님이 내게 볼일이 있다고 들었는데?"

"조금 묻고 싶은 게 있어서 말이야. 실은 제도에서 무도회 초대장이 왔어."

"하하~, 기병대에서 몇 명 빼갈 수 있겠냐는 말이군."

케인은 턱을 매만지며 말했다.

"이해가 빨라서 고마워. 그래서, 몇 명 정도가 좋을까?"

"흐음, 글쎄."

케인은 궁리하는 것처럼 팔짱을 끼고, 딱 한순간 쿠로노에게서 시선을 돌렸다.

"다섯 명 정도겠군. 불안할지도 모르지만, 샛길을 쓰는 게 아니라면 충분한 인원이야."

"인선은?"

"페이는 결정이겠고. 나머지 네 명은 적당히 정하지."

"괜찮겠어?"

쿠로노가 자기도 모르게 물어보자, 케인은 쓴웃음을 지었다.

"저래 보여도 페이는 실력자라고?"

"그건 몸소 실감했어."

쿠로노는 페이한테 목조르기를 당했을 때를 떠올리며 자신의 목을 만졌다.

"케인이 보기에는 어때?"

"검술 실력으로는 당해낼 수 없겠더군."

케인은 순순히 인정했다. 의외로 페이를 높이 평가하고 있는 모양이다. 하지만…….

"검술 이외는?"

"용병술을 써도 괜찮다면 십중팔구는 내가 이길 거다."

케인은 조금 전과 마찬가지 느낌으로 대답했다. 실로 시원시원한 어조다. 상대의 실력을 알고도 이길 수 있다고 말했다. 경험이 풍부한 용병이기에 할 수 있는 대사였다.

"페이를 추천하는 이유는?"

"장래에 다른 곳의 대대와 협력하게 되었을 때, 평민이 기병대장이라면 기강이 잡히질 않으니까 말이지."

"나는 신경 안 쓰는데?"

"쿠로노 님은 그렇다고 해도 세상에는 그런 걸 신경 쓰는 녀석이 많다고."

"즉 그럴 때를 위해서 페이를 키우고 싶다는 말이야?"

"뭐, 그런 거지."

케인은 가볍게 어깨를 으쓱였다. 정말일까. 페이가 성장하면 '내 일은 끝났어'라고 말하며 석양이 지는 황야로 사라질 것 같지만, 그걸 지적해도 부정당할 뿐이리라.

"다른 네 명도 같은 의견이야?"

"그건 안심해. 페이를 키워나간다는 의견은 일치하니까 말이지. 뭐, 가능한 한 예의가 바르고 다른 사람을 잘 살피는 좋은 녀석을 고르도록 하지."

하지만, 하고 케인은 뒷말을 이었다.

"한 명 정도 더 필요하겠군."

"조금 전에는 다섯 명으로 충분하다며?"

"페이를 서포트하면서 가야 하니까 말이지. 보험을 둬야 해."

"뭐, 그건 그러네."

"그래서 말인데, 나는 레이라 아가씨에게 호위를 부탁하고 싶다만……."

"저 말인가요?"

레이라는 놀란 듯이 눈을 휘둥그레 떴다. 조금 전에 쿠로노한 테서 시선을 돌렸는데, 레이라의 그때 표정으로부터 상황을 짐작한 것이리라. 역시나 세심한 배려를 할 줄 아는 남자다.

"하지만, 저는……."

"조금 난처한 입장이라는 건 나도 알지만, 호위라는 건 지키기만 하면 되는 게 아니라고. 호위 대상의 건강도 신경 써야 해."

"그렇다면 제가 아니더라도……."

"제도에는 무사히 도착했지만, 몸 상태가 안 좋아졌다거나 하는 일이 벌어졌다가는 농담거리도 못 된다고. 내가 본 한에서는, 레이라 아가씨가 제일 쿠로노 님과 허물없이 지내니까 말이지. 나를 돕는다고 생각하고 호위를 맡아 주지 않겠어?"

"……쿠로노 님."

케인이 머리를 숙이자, 레이라는 도움을 요청하는 것처럼 이쪽에 시선을 향했다.

"나는 그래도 문제없어."

"그러시다면 호위 임무를 받아들이겠습니다."

"그거 다행이군. 거절당하면 어쩌나 생각했다고."

케인은 고개를 들고 가슴을 쓸어내렸다. 연기라고 생각하지만, 부자연스럽게 느껴지지는 않는다.

"미노한테는 내가 전해 두지."

"괜찮겠어?"

"내가 전하는 편이 무난하잖아?"

"뭐, 그럴지도."

확실히 케인이 전하는 편이 설득력 있을 것 같다.

"그럼 나는 가보도록 하지. 너희들, 언제까지고 주절주절 수다 떨지 말고 숙소로 돌아가서 회의 준비를 해 둬!"

"예입!"

케인이 발걸음을 돌리며 소리치자, 그의 부하들은 잡담을 그만두고 이동하기 시작했다. 그 타이밍을 재고 있었던 것처럼 현관문이 열리고 앨리사가 나왔다. 조용조용 다가와 쿠로노에게 공손하게 고개 숙여 인사했다.

"주인님, 어서 돌아오십시오."

"앨리사, 고마워."

쿠로노가 감사를 표하자, 앨리사는 갸우뚱한 표정을 지었다.

"그 왜, 호위 건 말이야. 덕분에 이야기가 잘 풀렸어."

"아뇨, 메이드로서 당연한 일을 한 것뿐입니다."

"그리고 여행 채비에 관해서 말인데, 레이라가 호위로 참가하게 됐어."

"잘 알겠습니다. 레이라 님의 드레스는 어떻게 하시겠습니까?"

"음…… 앨리사에게 맡길게."

쿠로노는 잠시 망설인 끝에 대답했다. 단순히 레이라의 드레스 모습을 보고 싶었다.

"기다려 주세요!"

"왜 그래?"

"그, 저는 호위입니다. 호위가 드레스라니, 게다가…… 회장에 들어갈 수 있을지 어떨지."

레이라는 눈을 내리깔며 모깃소리로 말했다.

"괜찮아. 들여보내 주지 않았을 때는 그냥 돌아가면 되니까."

"그래서는 쿠로노 님께 폐가——!"

"트집 잡으면 확실하게 받아칠 테니까 걱정하지 마."

"……알겠습니다."

쿠로노가 미소 짓자, 레이라는 마지못한 느낌으로 고개를 끄덕였다.

"앨리사, 부탁할게."

"잘 알겠습니다."

앨리사는 고개를 숙인 뒤 발걸음을 돌렸다. 그녀의 모습이 후작 저택 안으로 사라졌고, 쿠로노는 어떤 사실을 떠올렸다. 레이라에게 시선을 향했다.

"그러고 보니, 볼일이 있었다고 말했는데, 무슨 볼일이었어?"

"책을 빌려주셨으면 해서요."

"멀리 돌아가게 해버렸네."

"아뇨, 쿠로노 님과 함께 있을 수 있었으니까요. 게다가 데이트 같아서 즐거웠어요."

레이라는 쑥스러운 듯이 고개를 숙였다.

※

밤── 쿠로노가 혼자서 침대에 누워 있었더니 텅텅, 하는 소리가 울렸다. 문을 두드리는 소리다. 이렇게 거칠게 문을 두드릴 인물은 티리아를 제외하면 한 명뿐이다. 몸을 일으켜 침대 가장자리에 앉았다. 소리는 한층 더 격렬해졌고, 불현듯 끊겼다. 그리고——

"어째서 안 열어주는 거야!"

그런 목소리와 함께 문이 열렸다. 문을 연 것은 네글리제 차림의 엘레나였다.

"소리가 어디까지 커질지 문득 궁금해져서."

"너, 진짜 최악이네."

엘레나는 난폭하게 문을 닫더니 이쪽으로 다가왔다. 쿠로노 앞에 우뚝 버티고 섰다.

목욕한 뒤인지 머리카락이 젖어 있었다.

"들었어. 제도에서 무도회가 열린다는 모양이네."

"그래서?"

"——!!"

쿠로노가 묻자, 엘레나는 눈썹을 곤두세웠다. 하지만 화를 내거나 아우성을 치지는 않았다.

검소한 가슴에 손을 대고, 심호흡을 반복했다. 그리고 결의를 다진 듯이 입을 열었다.

"나를 제도에 데려가 줬으면 해."

"어째서?"

"이유야 뻔하잖아! 어머님의 원수를 갚을 거야!"

엘레나는 거친 목소리로 말했다. 예상은 했지만, '역시나'였다.

제도에 가도 원수가 무도회에 참가한다는 보장은 없다만.

"안 돼, 각하야."

"어째서! 쿠로노 님한테는 폐를 끼치지 않을 테니까⋯⋯!"

"그랬다간 경리 담당자가 한 달이나 자리를 비우게 되는데?"

"그, 그건⋯⋯ 어떻게든 할 거야!"

엘레나는 말을 더듬다가, 정색해서 대답했다.

"그래서, 날 데리고 갈 거야? 안 데리고 갈 거야?"

"글쎄다."

쿠로노는 팔짱을 꼈다. 데리고 가는 건 어렵지 않다. 애초에 원수가 무도회에 참가한다는 보장은 없으니, 페이를 감시로 붙이면 트러블을 방지할 수 있을 것이다.

"엘레나, 이쪽으로 와."

"뭐야?"

쿠로노가 손짓하자, 엘레나는 경계심 없이 다가왔다. 즉각 목줄에 손가락을 걸쳤다.

그러자 아까의 태도가 거짓말인 것처럼 엘레나가 겁먹은 표정을 띠었다.

무릎이 덜덜 떨리고 있었다. 당장이라도 그 자리에 주저앉고 말 것만 같다.

"뭐, 뭘 하려는 거야?"

"태도가 나빠."

"그, 그건 사과할게."

"사과할게?"

"사과하겠어요! 죄송해요! 건방지게 굴어서 죄송해요!"

엘레나는 필사적으로 사과하며 아양을 떠는 듯한 시선을 보냈
다. 허벅지를 맞대 뭉그적뭉그적 비벼대고 있었다. 이게 사과하
는 건지 아니면 기대하는 건지 판단하기 어려웠다.

"……앉아."

"네, 넵."

"거기 말고."

엘레나가 그 자리에 주저앉으려 했기에 목줄을 위로 당겼다.
별반 힘을 주지도 않았는데, 까치발로 섰다.

"내 다리 위에 앉아."

"다리 위── 죄, 죄송해요! 반항적인 태도를 보여서 죄송해요!
앉을게요, 앉을 테니까! 노려보지 말아 주세요! 무서워요!"

목줄을 위로 당기는 걸 멈추자, 엘레나는 쭈뼛쭈뼛 다리 위에
앉았다.

목욕하고 나와서인지 아니면 다른 이유 때문인지, 촉촉한 감촉
이 느껴졌다.

"뭐, 제도에 데리고 가는 건 어렵지 않은데 말이지."

"그러면……!!"

엘레나는 허리를 띄우려다가, 쿠로노가 노려보자 다리 위에 다
시 앉았다.

뺨이 상기되고 숨결이 거칠었다. 앉기가 불편한지 몇 번이고
자세를 고쳐 다시 앉고 있다.

"아까 그건 부탁하는 태도가 아니었지?"

"어, 어떻게 하면 좋은데?"

엘레나는 치뜬 눈으로 올려다봤다.

"뭐야, 부탁할 준비를 안 해 왔군."

"주, 준비라면 해 왔어."

"어느 쪽으로 부탁할 건지 말해. 이쪽인지…….."

"거긴 안 돼! 소중히 하고 싶다구!"

쿠로노가 발뒤꿈치를 띄우자, 엘레나는 간절히 빌었다.

"그럼 이쪽밖에 없네?"

"……."

쿠로노는 발가락을 움직였다. 하지만 엘레나는 얼굴을 새빨갛게 물들인 채 고개를 숙이고 있다.

"자, 빨리 부탁해 봐."

"……."

쿠로노는 새빨개져서 고개를 숙인 엘레나를 내려다봤다. 다리를 가볍게 들었다.

그러자 엘레나는 무릎으로 선 자세를 취했다. 발등으로 엘레나의 다리 사이를 문질렀다.

그때마다 엘레나가 움찔, 움찔 몸을 떨었다. 기분 탓인지 축축한 느낌이 강해졌다.

"빨리 안 하면 어느 쪽을 쓸지 내가 정해 버린다?"

"──!!"

쿠로노가 문지르는 힘을 강하게 하며 말하자, 엘레나는 허벅지에 힘을 주었다. 조금이라도 움직임을 억누르고 싶은 거겠지만 역효과다. 충격이 더욱더 강하게 전해지게 되었다. 어쩔 수 없이 문지르는 걸 멈췄지만, 엘레나는 허벅지에서 힘을 빼려고 하지 않았다.

"그래서, 어느 쪽이야? 나는 슬슬 앞쪽을 쓰고 싶은데?"

"⋯⋯⋯⋯뒤쪽."

길고 긴 침묵 끝에 엘레나는 불쑥 중얼거렸다. 삐친 것처럼 입술을 삐죽 내밀고 있다.

"뒤쪽이 어쨌는데?"

"뒤⋯⋯ 뒤쪽⋯⋯ 멍으로, 봉사하겠습니다. 그러니까, 제도에 데리고 가주세요."

엘레나는 띄엄띄엄 말을 이었다.

"말만으로는 부족하군."

"이, 이 이상 어떻게 하라는 거야?"

"스스로 생각하지 그래?"

큭, 하고 엘레나는 신음한 뒤 일어서더니 네글리제 옆쪽으로 손을 넣었다.

팬티가 떨어지자 쿠로노는 시선을 바닥으로 향했다.

"뭐, 뭘 보는 거야!"

"아니, 더러워져 있지는 않으려나 싶어서."

"더, 더러워지지 않았어!"

엘레나는 새빨개진 얼굴로 말했다. 확실히 더러워져 있지는 않았다.

"뭐, 됐나. 계속해 봐."

큭, 하고 엘레나는 신음한 뒤 침대에 올라갔다. 이쪽에 등을 향하고 무릎을 꿇어 거북이처럼 몸을 둥글게 말았다. 상반신을 숙인 채 무릎으로 서서 엉덩이를 이쪽으로 내밀었다. 공교롭게도 중요한 부분은 네글리제로 보이지 않지만, 그게 도리어 상상력을 자극했다.

"저, 저의 음, 란…… 엉, 덩…… 멍, 을 부디 원하시는 만큼 써 주세요."

"그런 말은 어디서 배워 온 거야?"

"네가 가르친 거잖아!"

쿠로노가 어이없다는 듯이 말하자, 엘레나는 몸을 일으켜 소리쳤다. 얼굴이 새빨갛다.

"그래서, 어떤데?"

"뭐, 이만하면 합격이려나. 자, 조금 전이랑 똑같은 자세 취해 봐."

"큭, 알았어! 하면 되잖아!"

엘레나는 자포자기한 기미로 소리쳤고, 쿠로노에게 엉덩이를 향했다. 엉덩이를 찰싹 때렸다.

"아야! 왜 때리는 거야?!"

"각도가 안 좋아."

"으으, 알았어."

"알았어?"

"죄, 죄송해요! 엉덩이 각도가 나빠서 죄송해요!"

엘레나가 사과의 말을 입에 담으며 엉덩이를 높이 들었다. 쿠로노는 나중에 앨리사한테 엘레나의 드레스도 부탁해야겠군, 하고 생각하며 일어섰다.

※

사흘 뒤 아침── 쿠로노는 박스형 마차를 바라봤다. 골디와 동료들이 개량했다고 하는 마차다.

사륜구동차가 떠오르는 바퀴를 보고 있었더니, 골디가 옆에 와서 섰다.

마차 개량을 시작하고 나서 거의 쉬지 않았을 터인데, 평소보다 잔잔한 표정이었다.

골디가 과로로 죽은 사람은 없다고 말할 때마다 그럴 리는 없다고 생각했다.

물론 그 생각은 지금도 변하지 않았다. 제때 휴식을 취하기를 바란다.

하지만 그를 보고 있자면, 드워프는 과로사하지 않는 걸지도 모른다는 생각이 들기 시작한다.

"어떻습니까?"

"바퀴와 객차를 분리했네."

"그 말씀대로입니다!"

골디는 갑자기 소리쳤다.

"바퀴와 객차를 분리해 접촉면적을 줄임으로써 진동이 객차에 전해지는 것을 방지하는 겁니다! 게다가 바퀴에는 겹판 스프링을 표준 장비하였으며! 좌석에도 진동을 완화하기 위한 기구를 갖추었습니다! 이건 이미 혁명! 마차 혁명입니다!"

골디는 쉴 새 없이 몰아치듯이 말했다. 입에 게거품을 문다는 건 바로 이런 걸 두고 하는 말이리라.

"흐트러진 모습을 보여 죄송합니다."

"아니, 괜찮아."

심정은 이해한다. 쿠로노도 사륜구동차 같은 바퀴를 봤을 때는 흥분하고 말았다.

마치 오파츠다. 골디는 미래에서 살고 있다고 생각한다.

텅, 하는 소리가 머리 위에서 울렸다. 올려다보니 메이드들이 지붕에 짐을 싣고 있었다.

메이드복을 입고 높은 곳에서 작업하는 건 좀 그렇지 않으려나 싶어 올려다보고 있었더니 뒤에서 목소리가 들려왔다.

"주인님?"

"아, 네, 넵, 뭐죠?"

뒤돌아보니 앨리사가 서 있었다. 쿠로노는 속으로 가슴을 쓸어내렸다.

"무, 무슨 일이야?"

"아뇨, 인사를 드리려고 생각해서요. 가시는 길, 무사하시기를 기도하고 있겠습니다."

"고마워."

앨리사가 공손하게 고개 숙여 인사했고, 쿠로노는 고마움을 표했다. 정말 훌륭한 메이드라고 생각한다.

"그리고 레이라와 엘레나의 드레스를 준비해 줘서 고마워."

"아니요, 저는 옷을 새로 만들게끔 준비한 것뿐이니까요. 게다가 주인님께서 괜히 더 많은 돈을……."

"무리한 요청이었으니까 당연히 할증 요금을 내야지."

"그렇게 말씀해 주시니 마음이 편해집니다."

앨리사는 온화하게 미소 짓고, 마차에서 조금 떨어진 장소로 이동했다.

자 그럼, 하고 쿠로노는 시선을 이리저리 돌렸다. 그러자 케인이 이쪽으로 다가왔다.

혼자가 아니다. 페이와 남자 넷을 데리고 있다.

"좋은 아──"

"쿠로노 님, 좋은 아침인 겁니다!"

쿠로노가 인사하기보다도 빠르게 페이가 목소리를 높였다. 케인과 남자들은 쓴웃음을 짓고 있다.

"좋은 아침."

"그래, 좋은 아침이네."

쿠로노가 다시 인사하자, 케인은 쓴웃음을 지으며 답했다.

"무슨 일 있어?"

"모처럼이니 이번에 호위를 맡게 될 녀석을 소개해 두려고 생각해서 말이지. 우선은 사브다."

케인이 이름을 부르자, 네 사람 중 한 명이 등을 폈다. 안대를 착용하고 수염이 덥수룩한 남자다.

키는 케인과 비슷한 정도지만, 몸은 한층 더 크다. 박력이 있어서 무섭다.

"잘 부탁드림다."

사브는 그렇게 말하고는 이를 드러내며 웃었다. 앞니가 하나 없었다.

그뿐인 일이지만, 인상이 애교 있는 남자로 변했다.

"사브와는 오랫동안 알고 지낸 사이라 말이지. 이렇게 생겨 먹긴 했어도 성실하고 남을 잘 돌봐주는 녀석이야."

"이렇게 생겨 먹었다니 너무하심다, 두목."

"그 두목이란 말은 그만둬. 우리는 쿠로노 님 휘하의 기병대니까 말이다."

"예입, 알겠슴다."

정말로 알고 있는 건지, 하고 케인은 얼굴을 찡그렸다.

"나머지 세 명은 오른쪽부터 알바, 그라브, 게이너야."

"""잘 부탁드립니다."""

알바, 그라브, 게이너 세 사람은 일제히 머리를 숙였다.

"마부는 사브한테 시킬 테니까 무슨 일이 있으면……."

"……."

케인은 입을 다물었다. 옆에서 페이가 뭔가 말하고 싶어 하는 듯한 눈으로 쳐다보고 있었기 때문이다.

"무슨 일이 있으면 페이한테 말해 줘."

"이 페이 물리파인에게 맡기시는 겁니다!"

케인이 한숨 섞인 어조로 말하자, 페이는 등을 쭉 펴고 큰 목소리로 말했다.

"누님은 우리가 뒷받침할 테니 말입니다. 안 그러냐?"

"'''옙! 누님은 저희가 죽을 각오로 지키겠습니다!'''"

사브의 말에 알바, 그라브, 게이너 세 사람이 대답했다.

쿠로노는 검 자루를 만졌다. 자신의 몸은 스스로 지켜야만 할 것 같다.

그런 비장한 결의를 알아차렸는지, 케인은 쿠로노의 어깨에 손을 올려놓았다.

"긴장하지 말라고. 경유하는 영지는 그럭저럭 치안이 좋아."

"경유하는 영지는 카도 백작령, 트레이스 남작령, 보우티즈 남작령, 제느기스 남작령, 네카르 자작령, 카이 황제직할령이었던가?"

"잘 기억하고 계시는군요."

쿠로노가 손꼽아 세자, 페이가 감탄한 것처럼 말했다.

"페이, 길 순서는 기억하고 있지?"

"서쪽으로 가서, 남쪽으로 가고, 동쪽으로 가는 것뿐입니다."

"그건 그렇긴 한데."

페이는 태연한 어조로 말했고, 쿠로노는 신음했다. 엄청나게 걱정된다.

"죽을 각오로 뒷받침하는 거다!"

"""예입!"""

사브, 알바, 그라브, 게이너 네 사람은 원형진을 짜서 외쳤다. 의욕이 있는 건 좋은 일이지만, 점점 더 불안해지기 시작했다. 지금부터 제도에 가는 걸 중지하는 건 불가능할까. 그런 생각을 하고 있었더니, 레이라가 가까이 다가왔다.

"쿠로노 님, 출발 준비를 마쳤습니다."

"알았어."

마차를 올려다보니 메이드들의 모습은 없었다.

"제도까지 아무 일도 없으면 일주일인가."

"호위는 맡겨 주세요. 반드시 쿠로노 님을 지켜 보이겠습니다."

쿠로노는 휴, 하고 안도의 한숨을 내쉬었다. 든든한 대사를 듣고 조금 안심했다.

레이라가 마차에 다가가 문을 열었다.

"타시죠, 쿠로노 님."

"고마워."

마차 안은 의자가 서로 마주 보게 설치되어 있었다.

그리고 한쪽 의자에 엘레나가 옆으로 누워 잠들어 있었다.

"얘는 왜 여기서 자는 거야?"

"일찍 일어날 자신이 없다고 어젯밤에 올라탔습니다."

쿠로노의 의문에 대답한 건 골디였다.

"작업 중에 용케 잘 수 있네."

"푹 자더군요. 어지간히 지쳐 있었던 것이겠지요."

골디는 절실한 어조로 말했지만, 엘레나가 유들유들한 것뿐인 듯한 느낌도 든다.

쿠로노는 아주 조금만 힘을 주어 엘레나의 엉덩이를 때렸다. 찰싹, 하는 좋은 소리가 났다.

으응, 하고 작게 신음했지만, 눈을 뜨지는 않았다. 쿠로노는 이마에 낙서하고 싶은 기분을 참으며 엘레나가 자는 맞은편 자리에 앉았다. 레이라가 마차에 올라타 문을 닫았다.

"실례하겠습니다."

그렇게 말하며 옆에 앉았다. 물론 기공궁과 화살통을 들고서.

잠시 후 마차가 움직이기 시작했다. 진동이 전혀 느껴지지 않는 부드러운 발차였다.

아무 일도 없다면 좋겠네~, 하고 쿠로노는 창밖을 바라봤다.

제국력 430년 11월 상순—— 아리데드는 자신의 방에 돌아가 침대에 푹 쓰러졌다.

하루의 일을 끝내고 목욕을 한 뒤 저녁도 먹었다. 나머지는 이대로 자는 것뿐이다.

일반병이었을 무렵이라면——. 유감이지만 아리데드는 백부장이다. 이 뒤에도 일이 있다.

후작 저택 회의실에서 공부해야만 한다.

"으그극, 이대로 아침까지 푹 자고 싶고."

"그랬다가는 강등당해서 6인실로 역행이고."

"그건 알고 있는 것 같은."

아리데드는 맞은편 침대에 앉은 동생—— 데네브를 쳐다봤다. 데네브는 그림책을 읽고 있다.

쿠로노가 판화라는 기법으로 만든 책이다. 그렇다고는 해도, 실제로 만든 건 골디를 비롯한 드워프들이다.

처음에는 혼자서 만들었지만, 도중에 혼자서는 한계가 있다는 걸 깨달은 모양이다.

그게 당연하다. 이 기법을 쓰면 책을 쉽게 복제할 수 있지만, 나무판을 파는 데 품이 든다.

그런 살짝 맹한 구석이 마음에 든다. 안겨도 좋을지는 기분에 달렸다.

"하루 정도 땡땡이쳐도 잔소리는 안 들을 것 같은."

"쿠로노 님이 그 차가운 눈으로 쳐다봐도 똑같은 말을 할 수 있다면 대단한 거고."

데네브가 페이지를 넘겼고, 아리데드는 몸서리쳤다. 쿠로노의 눈을 떠올린 것이다.

시시한 것이라도 보는 듯한 그 눈—— 솔직히, 그런 시선을 받고 싶지는 않다.

"그 눈으로 보는 건 싫지만, 땡땡이치고 싶고! 자고 싶고! 놀고 싶고!"

아리데드는 침대 위에서 팔다리를 버둥거렸다. 얼마 전까지는 밤놀이를 할 수 없었다.

하지만 지금은 다르다. 호주머니 사정도 넉넉하고, 군을 퇴역한 동료가 술집을 경영하고 있다.

놀 수 있는 조건이 갖추어져 있는데도 자신에게는 그것이 허용되지 않은 것이다. 죽어, 신.

언니가 고뇌하고 있는데도 불구하고, 데네브는 그림책을 읽고 있었다.

그러고 보니 숙소에 있을 때는 언제나 그림책을 읽고 있는 듯한 느낌이 들었다.

"재미있어?"

"재미있고."

아리데드가 묻자, 데네브는 짧게 대답했다.

"어디가 재밌는 것 같은?"

"마지막 부분이 재미있고."

데네브는 그렇게 말하고는 페이지를 팔락팔락 넘겼다.

"어, 어째서냐, 모모타로! 우, 우리는 평온한 삶을 바랐던 것뿐인데! 크아아아악! 이라는 느낌으로 오니를 베어 죽이고 재보를 빼앗았는데, 행복해진 건 할아범과 할멈뿐이고 모모타로는 죽을 때까지 가위에 눌리며 사는 부분."

"낭독이 제법 능숙한 것 같은."

아리데드는 옆을 보며 박수를 짝짝 쳤다.

"언…… 그쪽은 뭐가 좋은 것 같은?"

"둘뿐이니까 언니라고 해도 OK 같은."

"옛날에 둘만 있을 때 그렇게 불렀다가 목덜미에 촙을 맞았었고."

"그런 일도 있었을지도 모르겠네 같은."

"그래서, 뭘 좋아하는 것 같은?"

"볏짚 부자가 엄청 좋은 것 같은. 볏짚 한 가닥으로 시작해서 부자가 되는 모습에 동경하는 것 같은."

"그건 가난했을 때 마셨던 죽이 더 맛있었지, 같은 결말이고."

"그게 살짝 설교하는 느낌이 나서 불만이고."

"분명 교환하고 있던 건 물건뿐만이 아니었던 것 같은."

"그건 호러고."

물물교환했다고 생각했는데 물건 이외의 것을 교환했다니, 그건 너무 무섭다.

후우, 하고 아리데드는 작게 한숨을 내쉬고는 몸을 일으켰다.

"조금은 성실하게 공부할 생각이 든 것 같은?"

"언제든 성실하고."

아리데드는 침대 가장자리에 앉아 책상 위에 올려놓은 책으로 시선을 향했다. 아직 한 글자도 적혀 있지 않은 자신만의 책이다. 이 책에 자기가 살았던 증거를 기록할 생각이다. 다만——

"모티베이션이 안 오르고."

"시온 씨는 가르치는 게 능숙하다고 생각하고."

"그건 알고 있고!"

확실히 데네브의 말대로 시온은 공부를 잘 가르친다. 게다가 끈기가 강하다.

조금 미숙한 부분을 보여도 세심하게 가르쳐준다. 그러나, 하지만——

"지금의 내게 필요한 건…… 터놓고 말해 아이스크림 같은!"

"그건 안주인한테 부탁해야 하는 거고."

"아니고! 즉, 내가 하고 싶은 말은 정신적인 아이스크림이고!"

"포상이 필요하다는 걸로 OK?"

"대략 그런 느낌이고."

아리데드는 엄지를 세우고, 다시 침대에 자빠졌다.

"분명 레이라는 항상 쿠로노 님이 귀를 슥슥 어루만져 주고 있을 거고."

"아아, 그건 조금 부러울 것 같은."

레이라와는 배속 당초부터—— 5년째 알고 지낸 사이다. 그녀가 행복해진 건 기쁘다.

하지만 행복을 조금 나누어 주었으면 한다.

"지금쯤 쿠로노 님과 레이라는 어디 정도일 것 같은?"

"분명 제도에 도착했을 거고."

아리데드는 천장을 올려다봤다.

※

"엘레나! 뛰어!"

"아, 알고 있어!"

쿠로노는 엘레나의 손을 잡아끌면서 마차 뒤편으로 뛰어들었다. 직후, 굉음이 울려 퍼졌다.

어둠 속에서 날아온 돌이 마차를 직격한 것이다. 범상치 않은 위력이었다.

투석끈(슬링)을 사용한 거겠지, 하고 마차 뒤편에서 가도를 엿봤다. 가도에는 말에 탄 남자들이 진을 치고 있었다. 레이라와 페이, 케인의 부하들이 돌파구를 열려 하고 있지만, 잘 풀리지 않는 모양이다. 어떻게 이 상황을 타개할까 이리저리 궁리하고 있을 때 까득, 하는 소리가 났다. 옆을 보니 엘레나가 엄지손톱을 깨물고 있었다.

"어, 어어째서, 이이, 이렇게 되는 거야. 나, 나는 잘못 같은 거 하지 않았는데."

"어째서일까."

쿠로노는 절절히 중얼거리고는 에라키스 후작령을 출발하고 난 후의 일을 떠올렸다. 경치를 바라보든지, 낮잠을 자는 것밖에 할 일이 없는 평온한 여행이었다. 적어도 오늘 낮까지는. 진창에 마차 바퀴가 빠진 게 문제였다. 어떻게든 빠져나오기는 했지만, 날이 저물어 어쩔 수 없이 야영에 들어갔더니 불청객이 찾아왔다.

"설마, 도적들한테 습격당할 줄이야."

"나, 나는, 두, 두 번째야. 어, 어째서, 두 번이나 도적한테 습격당해야만 하는 거냐구!"

쿠로노가 한숨 섞인 어조로 중얼거리자, 엘레나는 손톱을 깨물며 말했다. 다시 굉음이 울렸다. 돌이 또 마차를 직격한 것이다.

"쿠로노 님! 마차 뒤에서 나오지 마세요!"

쿠로노와 엘레나가 공격에 노출되어 있다는 걸 알아차린 것이리라. 레이라가 달려왔다.

견제하듯 활을 쏘면서, 엉덩이로 쿠로노를 밀어 넣다시피 하며 마차 뒤에 숨었다.

"마차 밑으로!"

"알았어!"

쿠로노는 활을 겨누는 레이라에게 외치며 답했다. 하지만 혼자서 숨을 수는 없는 노릇이다.

"엘레나!"

"어째서, 어째서, 어째서——!"

엘레나를 불렀지만, 엘레나는 손톱을 깨물며 계속 중얼거리고 있다. 폭력에 대한 내성이 낮아져 있던 차에 도적의 습격을 받아 정신이 과부하를 일으킨 것일까. 이유는 제쳐 두고, 이대로 멍하게 있다간 죽고 만다.

"엘레나!"

"——!!"

쿠로노가 큰 소리로 이름을 부르자, 엘레나는 몸을 움찔 떨었다. 눈이 바쁘게 움직였다.

"빨리 마차 밑으로!"

"으, 응, 알았어."

쿠로노와 엘레나가 마차 밑으로 들어가자, 페이, 사브, 알바, 그라브, 게이너가 왔다. 전원 무사한 모양이다.

"상황은?!"

"주위가 포위된 겁니다!"

"가도에 네 명! 가도를 따라 나 있는 수풀에도 몇 명인가 있어요!"

"여기서는 버티면서 각개격파합시다!"

쿠로노의 말에 페이와 레이라, 사브가 외쳤다.

"각개격파인가. 좋아, 그걸로——"

"제가 붙잡아 오겠습니다!"

쿠로노가 말을 끝내기보다도 빠르게 페이가 마차 뒤에서 뛰쳐나갔다. 기다리고 있었다는 듯이 돌이 날아들었다. 은색 빛이 번쩍이고, 돌이 지면에 떨어졌다. 페이가 검을 휘둘러 돌을 떨어뜨린 것이다. 무시무시한 검 솜씨였지만── 그걸로는 부족했다.

"잠깐! 너무 많이 던지는 겁니다!"

사방에서 날이 날아와 페이는 비명을 질렀다. 검을 휘둘렀지만, 모든 돌을 떨어뜨릴 수는 없었다. 결국 둔탁한 소리가 울렸다. 돌이 페이의 관자놀이에 직격하는 소리였다.

"페이!"

"아, 아픕니다!"

쿠로노가 소리친 직후, 페이가 눈물이 그렁그렁한 눈으로 관자놀이를 눌렀다. 몸에서 검은 아지랑이가 피어오르고 있었다. 아무래도 순간적으로 신위술을 써서 대미지를 경감한 모양이었다. 이내 곧 다시 사방에서 돌이 날아왔다.

"아야! 아픈 겁니다!"

페이가 태평한 비명을 질렀다. 목숨이 걸린 상황인데, 영 긴장감이 부족했다.

"순순히 포박당하는 겁니다!"

페이는 가도를 따라 난 덤불로 향했다. 정면에서 날아온 돌을 쳐서 떨어뜨렸지만, 여전히 모든 돌을 막기에는 역부족이었다.

"아야야!"

또다시 관자놀이에 돌을 맞았다. 페이는 돌이 날아온 방향을 노려보며 발을 내디뎠다.

그러나 결국은 다른 방향에서 날아온 돌에 맞을 뿐이었다.

"숨어서 돌을 던지다니 비겁합니다! 정정당당히 승부하는 겁니다!"

페이가 검을 휘두르며 외친 순간, 느닷없이 올무가 날아왔다.

고리 부분이 조여들면서 페이가 옆으로 끌려갔다. 도적이 말을 달리게 한 것이다.

"끄, 끌고 가지 않았으면 하는 겁니다~~~~~~~~~!"

"누니임~~~~~~~~~!"

페이가 도플러 효과를 남기며 멀어지자, 사브가 소리쳤다.

"레이라, 마술을!"

"표적은 어디로 할까요?"

"도적이 숨어 있을 것 같은 곳을! 송두리째 날려버려!"

"알겠습니다! 폭염무!"

레이라가 팔을 한 번 휘두르자, 시야가 빨갛게 물들었다. 폭음이 울려 퍼지고, 열기가 밀려왔다. 불덩이가 된 남자들이 수풀에서 뛰쳐나왔다.

"자, 잠깐!"

"계속해!"

엘레나가 비명 같은 소리를 냈지만, 쿠로노는 무시했다.

"폭염무! 폭염무!!"

레이라가 연이어서 마술을 발사했고, 거대한 불기둥이 주위를 비추었다. 화살통에서 화살을 뽑아 활에 메기고 쐈다. 끄악, 크억, 하고 수풀에서 짧은 비명이 났다. 쿠로노는 알 수 없었지만, 레이라의 눈은 도적의 모습을 포착하고 있었던 모양이다.

레이라는 활을 거머쥔 채 시선을 이리저리 옮겼다. 불기둥이 사라지자 휴, 하고 안도의 한숨을 내쉬었다. 아무래도 적은 없어진 모양이다. 그렇지만 아직 안심할 수는 없었다. 끌려간 페이를 구해야 한다. 쿠로노는 사브에게 시선을 향했다.

"사브!"

"알바와 그라브는 따라와! 게이너는 여기서 쿠로노 님을 지켜라!"

사브, 알바, 그라브 세 사람은 말을 타고 페이가 끌려간 방향으로 달렸다.

"무사하다면 좋겠는데."

쿠로노는 마차 밑에서 기어 나와 일어섰다.

"쿠로노 님, 다치신 곳은 없으신가요?"

"아무렇지도 않아. 레이라는?"

"저도 문제없습니다."

"수고했어."

쿠로노가 귀를 어루만지자, 레이라는 간지러운 듯이 미소 지었다. 문득 손이 멈췄다. 엘레나가 마차 밑에서 나오지 않는 것이다. 들여다봤더니, 엘레나는 거북이처럼 몸을 둥글게 말고 있었다.

"괜찮아?"

"괜찮은 것처럼 보여?"

"그만큼 악다구니를 내뱉을 수 있다면 괜찮겠네."

"잠깐만!"

쿠로노가 몸을 일으키려 하자, 엘레나가 바짓자락을 붙잡았다.

마차 밑에서 뻗은 손—— 제법 호러틱한 느낌이었다. 다시 한 번 마차 밑을 들여다봤다.

"왜 그래?"

"허, 허릿심이 빠졌어."

"어쩔 수 없네~."

쿠로노는 엘레나의 손을 잡고 마차 밑에서 끌어냈다.

※

쿠로노가 눈을 뜨자, 그곳은 마차 안이었다. 하품을 참으며 기지개를 켰다.

앉은 채로 잠든 탓이리라. 우득, 우득 하는 소리가 들렸다.

"쿠로노 님, 좋은 아침입니다."

"좋은 아침."

옆자리에 앉아 있던 레이라에게 아침 인사를 건넸다. 엘레나는 어이가 없다는 듯한 표정을 띠고 있다.

"어젯밤에 그런 일이 있었는데 용케 잘 수 있네."

"어젯밤?"

"아직도 잠꼬대하는 거야? 어젯밤에 도적한테 습격당했잖아."

쿠로노가 앵무새처럼 되묻자, 엘레나는 불쾌한 듯이 얼굴을 찌푸렸다.

"그랬지, 그랬지. 내가 화려하게 도적을 쓰러뜨렸었지."

"딴지 안 걸 거야."

"엘레나는 오줌을 지렸었고."

"안 지렸어!"

엘레나는 거친 목소리로 외치다가, 퍼뜩 정신이 든 듯한 표정을 띠었다.

"딴지를 걸고 마셨군요."

"그 득의양양한 얼굴, 진짜로 열 받는데."

칫, 하고 엘레나는 혀를 찼다.

"이제 제도에 도착했으려나?"

"조금 전에 성문을 통과했습니다."

쿠로노가 창문으로 바깥을 봤다. 그러자 마차와 나란히 달리는 페이와 눈이 마주쳤다. 페이는 겸연쩍은 듯이 얼굴을 숙이고, 쿠로노의 시야에서 서서히 사라졌다. 다시 창밖을 보니 어수선한 거리의 모습이 펼쳐져 있었다. 벽돌조 2층 건물이 많다. 삼각지*에 세워진 건물도 있고, 공터도 이곳저곳에 존재했다. 제도의 신시가지다.

제도 알피르크는 구시가지라 불리는 네 구획과 신시가지라 불리는 여덟 구획으로 이루어진다. 그 중심에 있는 건 황제의 거성

---

*글자 그대로 삼각형 모양의 토지. 풍수학적으로 좋지 않은 땅이라고 한다.

알피르크성이다. 상공에서 보면 두 시가지가 동심원을 그리고 있는 모습을 확인할 수 있을 것이다.

"페이는 아직 의기소침해져 있는 모양이네."

"뭘 남 일처럼 말하는 거야. 페이가 기죽은 건 쿠로노 님 탓이잖아."

엘레나는 그렇게 말하고는 비난하는 듯한 시선을 향했다.

어젯밤 쿠로노는 사브와 동료들에게 구출된 페이를 꾸짖었다.

"그렇게나 추근추근하게. 자각이 없을지도 모르지만, 쿠로노 님이 화내는 방식은 음습해."

"화낸 게 아니라 꾸짖은 거야."

"비슷한 거잖아. 화를 내건 꾸짖건, 따끔하게 한마디 해주면 그걸로 충분한 거 아니야? 그걸 이렇게, 벌레라도 보는 듯한 시선을 향하면서 '어째서 혼자 도적을 뒤쫓은 거지?'라든가 하는 말을 끈질기게 계속 묻는 건 좀 어떤가 싶어."

"작은 실수라면 너그럽게 봐주겠지만 말이야. 독단전행으로 동료를 위험에 빠트린 건 용서할 수 없어. 페이가 구조된 것도 운이 좋았던 것뿐이고, 두 번 다시 이런 짓을 하지 않도록 깊이 반성해야 해."

"쿠로노 님의 마음은 이해하고 있다고 생각해."

"이해하고 있다고 생각한다, 라."

그렇게 중얼거리자, 바보 취급당했다고 느꼈는지 엘레나가 발끈한 듯한 표정을 지었다.

"페이는 가문을 다시 일으키려는 거지?"

"잘 알고 있네."

"그 정도 정보는 나한테도 들어와."

그렇게 인간관계가 넓은 것도 아닌데 어떤 경로로 정보를 입수하고 있는지 신경 쓰이지만, 페이가 비밀로 하는 건 아니기에 자연히 귀에 들어오는 것이리라.

"그러니까 좋은 모습을 보여주려고 필사적이었던 거 아닐까."

쿠로노는 말없이 엘레나를 쳐다봤다.

"뭐야?"

"설마 엘레나가 페이를 감싸는 발언을 할 거라고는 생각지 않았어. 내일은 비가 오려나?"

"나도 남을 감쌀 때 정도는 있다구."

엘레나는 삐친 것처럼 입술을 삐죽였다.

"동정은 하지만 말이야. 그건 그거고 이건 이거야."

"쿠로노 님은 의외로 드라이하지."

조금 전에는 음습하다고 했으면서, 하고 쿠로노는 경치를 바라봤다.

정연한 거리 풍경이 펼쳐져 있다. 신시가지에서 구시가지——제4가구(街區)에 들어온 모양이다.

양아버지의 집은 이 제4가구에 있지만, 도착할 때까지 조금 더 걸릴 것이다. 다만——

"부재중이 아니라면 좋겠는데."

"연락하고 있었던 거 아니야?"

"완전히 까먹고 있었어."

"어이가 없네."

"농한기는 제도에서 보낸다고 말했으니까, 있을 거라고는 생각하는데."

"싸구려 여관에 묵는 건 싫어."

"아버지와 마이라가 없어도 오르트가 있을 테니까 괜찮아."

"마이라? 오르트?"

엘레나는 의아하다는 듯이 미간을 찡그렸다.

"우리 집 사용인. 두 사람 다 아버지가 용병이었을 적부터 알고 지낸 사이라는 것 같아."

"둘 다 전 용병이라는 거네."

"지금은 메이드와 집사지만 말이지. 참고로 마이라가 메이드고, 오르트가 집사."

"……제대로 된 메이드랑 집사라면 좋겠는데."

"용병이었던 건 30년이나 전의 일이야. 용병보다도 사용인을 오래 하고 있으니까 지금은 퍼펙트 메이드와 퍼펙트 집사라고."

"내 걱정이 기우로 끝나기를 바라겠어."

엘레나는 한숨 섞인 어조로 말하다가, 불현듯 쿠로노 옆을 봤다. 그에 이끌려 쿠로노도 옆을 보자, 레이라가 손으로 머리를 만지작거리고 있었다. 기분 탓인지 평소보다 등을 곧게 펴고 있는 듯한 느낌이 들었다.

"왜 머리를 손으로 빗고 있는 거야?"

"머리카락이 흐트러져 있었기에."

흐응~, 하고 엘레나는 흥미 없다는 듯이 맞장구를 쳤지만, 시선은 레이라에게서 움직이지 않았다.

레이라는 거북해하다가, 이윽고 참을 수 없었는지 입을 열었다.

"쿠로노 님의 아버님과 만나 뵙는 것이기에."

"결혼하는 것도 아니니까 신경 안 써도 괜찮지 않아?"

"그러, 네요."

레이라는 신음하듯이 말했다. 어색한 침묵이 내리깔렸다. 자신의 실언을 깨달은 엘레나도 거북한 얼굴이 되었다. 잠시 후 레이라는 쭈뼛쭈뼛 입을 열었다.

"저, 쿠로노 님의 아버님은 어떤 분이신가요?"

"한마디로 표현하는 건 어렵겠네."

쿠로노는 으음~, 하고 신음했다. 존경할 수 있는 점은 많이 있지만, 존경할 수 없는 점이 비슷한 정도나 그 이상으로 존재한다. 인격자는 아니고, 가정적인 사람도 아니다. 전직 용병인 만큼 귀족다움과도 그다지 연이 없다.

"너무 신경 쓸 필요는 없지 않을까?"

"……."

솔직한 감상이었는데, 레이라는 말이 없었다. 원하던 대답이 아니었던 모양이다.

"저 같은 하프 엘프를 애인으로 두고 있는 점에 관해서는 어떻게 받아들이실까요?"

"그건 신경 안 쓸 거 같은데. 오히려 웃지 않으려나. 너도 남자였구나, 라든가 애인을 두는 건 남자의 능력이라든가, 그런 의미로."

크하하! 하고 웃는 양아버지의 모습이 눈에 떠오르는 것만 같다.

"그런가요."

"안심이 안 돼?"

"지금 말로 어떻게 안심하라는 거야."

엘레나가 어이가 없다는 듯한 어조로 말했다.

"뭐, 사소한 건 신경 쓰지 않는 사람이니까 괜찮아."

"사소한 것일까요."

레이라의 목소리는 어두웠고 축 가라앉아 있다. 아마도 양아버지가 지금의 레이라를 봤다면 '그런 자질구레한 건 신경 쓰지 마라'라면서 크하하! 하고 웃을 게 틀림없다.

"메이드인 마이라는 엘프니까 괜찮아."

"마이라 님은 엘프였군요."

레이라는 작게 안도의 한숨을 내쉬었다. 아무래도 엘프가 사용인이라는 걸 알고 안심한 모양이다.

양아버지의 집이 가까워졌는지, 마차가 속도를 낮추었다.

"……엘레나."

"뭔데?"

"페이 말인데, 네가 위로해 주지 않겠어?"

"쿠로노 님이 하면 되잖아."

"내가 꾸짖어 놓고서 내가 위로하는 건 좀."

"어째서 내가 해야 하는 건데."

"제도에 데리고 와줬잖아."

"사, 사례는 확실히 했다구."

수치심 때문인지 엘레나는 뺨을 빨갛게 물들이며 말했다. 뭐, 확실히 거래하기는 했지만.

"그건 부탁이지? 부탁하는 것과 그걸 이루어주는 건 별개 문제야."

"그런 건 치사해."

"뭐, 확실히."

쿠로노가 인정하자 엘레나는 갸우뚱한 표정을 지었다. 쿠로노가 자신의 잘못을 인정한 것이 의외였던 것이리라. 자신을 어떤 인간이라고 생각하고 있는 건지 조금 신경 쓰인다.

"그러고 보니 드레스를 준 답례는 아직 받지 못했네?"

"그, 그건……."

엘레나는 머뭇거렸다.

"그, 그렇게 따지면 그 하프 엘프도 드레스를 받았잖아!"

"레이라는 일이니까."

쿠로노가 가볍게 어깨를 으쓱이자, 엘레나는 밉살스럽다는 듯이 이쪽을 노려봤다. 짜증이 나서 목줄에 손가락을 걸었다. 엘레나는 태도가 싹 바뀌어 겁을 먹은 듯한 표정을 띠었다. 그런 것치고는 허벅지를 뭉그적뭉그적 맞비비고 있지만.

"그래서, 어떻게 할 거야? 나로서는 몸으로 지불해 줘도 괜찮은데."

"모, 몸으로?"

꿀꺽, 하고 엘레나는 침을 삼켰다. 흥분한 것인지 눈이 반짝이고 있다.

몸으로 지불해 주려나 하고 생각한 그때, 엘레나는 퍼뜩 정신이 든 듯 레이라를 봤다.

레이라는 무표정했지만, 엘레나한테는 그렇게 생각되지 않았던 모양이다.

"시, 싫어! 이, 이래 보여도, 나는 준귀족이니까!"

"지금은 내 노예라고."

"그, 그만해! 부탁이니까 목줄에서 손가락을 떼줘!"

쿠로노가 목줄을 좌우로 흔들자, 엘레나는 눈물이 그렁그렁한 눈으로 애원했다.

그렇게나 남이 목줄을 만지는 게 싫다면 목에 달지 않으면 될 일이다만.

"대답은?"

"아, 알았어."

"알면 됐어."

쿠로노가 목줄을 놓자, 엘레나는 '어?' 하는 표정을 띠었다.

미련이 남은 듯이 쿠로노의 손가락을 보고 있다. 아무래도 대응이 불만이었던 모양이다.

"……무도회가 시작될 때까지만이야."

"그거면 돼."

마차가 멈추고, 레이라가 문을 열어 밖으로 나갔다.

"쿠로노 님, 내리시지요."

"고마워."

쿠로노는 고맙다는 말을 한 뒤 마차에서 내렸다. 뭉친 데를 풀기 위해 몸을 쭉 폈더니, 이곳저곳에서 우득우득하는 소리가 났다.

"여기에 오는 것도 반년…… 7개월 정도만인가."

쿠로노는 양아버지의 집── 크로포드 저택을 올려다봤다. 크로포드 저택은 벽돌로 만들어진 4층 건물이다. 주변 집들에는 훌륭한 정원이 있지만, 크로포드 저택에는 없다. 양아버지가 마구간을 만드는 것을 우선했기 때문이다. 그렇기는 해도, 정문에서부터 현관까지── 약 10m가 앞뜰로 되어 있기에 불만을 느낀 적은 없다.

이제부터 어떻게 할까 생각하고 있었더니, 현관문이 열렸다. 나온 것은 양아버지── 클로드 크로포드와 메이드인 마이라였다. 양아버지는 올해로 60세가 되지만, 키는 쿠로노보다 머리 두 개만큼 크고, 근육질인 몸매를 지니고 있다. 배는 나오지 않았으며, 발걸음은 힘찼다.

머리카락은 오랜 세월 동안의 고생을 이야기해주는 것처럼 하얗다. 얼굴의 윤곽은 네모나게 각이 져 있고, 이목구비도 섬세함과는 연이 없다. 특히 인상적인 건 눈이다. 그것만이 인상에 남을

지도 모를 만큼 예리한 시선을 띠고 있다.

메이드인 마이라는 많이 잡아도 서른이 채 안 될 것 같은 풍모다. 메이드복에 감싸인 몸은 군더더기가 없어 고양잇과 육식동물을 방불케 한다. 이목구비는 단정하고, 기품이 느껴진다.

엘프한테서는 차갑다는 인상을 받지만, 마이라한테서는 식어 있다는 인상을 받는다. 아마도 이건 나이 때문일 것이다. 물론, 입 밖으로는 낼 수 없지만.

양아버지는 문을 나와 쿠로노 앞에 섰다. 위압감이 엄청나다. 어린애라면 울었을 것이다.

눈을 가늘게 뜨고 보면 애교가 있는 것처럼 안 보이는 것도 아니다. 갑자기, 양아버지는 쿠로노의 턱을 붙잡았다.

"아~, 오른쪽 눈을 당한 거냐."

"응, 뭐어, 명예의 부상이라는 거지."

쿠로노는 양아버지에게서 시선을 돌렸다. 자기 안에서는 이미 끝난 문제지만, 양아버지가 오른쪽 눈에 관해 언급하면 난감하다. 뭐라고 말해야 좋을지 알 수 없다.

"그러냐."

양아버지는 한숨을 내쉬듯이 말하고는 손을 놓았다.

"일단, 이야기는 들었지만 말이다."

"어떤 이야기?"

"신성 아르고 왕국 녀석들과 힌바탕했다든가, 에라키스 후작이 되었다든가 하는 이야기 말이다."

"남쪽 변경에 있으면서 용케 알고 있네."

"그야, 제국 상층부에는 아는 사이가 많으니까 말이지."

양아버지는 넌덜머리가 난 듯한 어조로 말했다.

"그건 그렇다 치고 편지 정도는 보내라, 불효자식이."

"미안."

쿠로노는 머리를 긁적였다.

"그래서, 무슨 볼일이냐?"

"무도회가 열린다고 해서."

"뭐야, 너한테도 초대장이 간 거냐."

양아버지는 쿠로노의 말을 가로막고 이야기했다.

"그럼 아버지한테도?"

"그래, 갑작스러운 이야기라 땡땡이칠까 했는데, 술과 밥을 사 준다는 말을 들으면 말이지. 거절할 수는 없는 노릇 아니겠냐."

"부자면서 약아빠졌어."

"20년 넘게 개척하고 있으면 이런 성격이 되는 법이다."

양아버지는 내뱉듯이 말했다.

"어이쿠, 이야기가 샛길로 빠졌군. 무도회가 열리니까, 그래서 뭐?"

"무도회에 참가하기로 되었으니까 묵게 해달라고 하려고. 안 된다면 적당히 여관을——"

"섭섭한 말 하는 거 아니다. 우리는 부자지간이잖냐."

양아버지는 쿠로노의 말을 가로막고 말했다.

"그런데, 그쪽 아가씨들은 너의 뭐냐?"

"처음 뵙겠습니다, 크로포드 남작."

양아버지가 시선을 향하자, 레이라는 앞으로 걸어 나와 경례했다.

"저는 쿠로노 님의 부하로——"

"부하고, 애인인 레이라야."

"쿠로노 님!"

레이라가 비명 같은 소리를 냈지만, 양아버지는 신경 쓰는 기색도 없이 엘레나에게 시선을 향했다.

엘레나가 움찔하며 쿠로노 뒤에 숨었다.

"네 뒤에 숨은 조그만 건?"

"노예인 엘레나——"

"잠깐! 난 준귀족이야! 준귀족!!"

엘레나는 소리 지르면서 등을 도닥도닥 때렸다.

"이렇게 말하고는 있지만, 내 노예야. 물론 야한 봉사도 시키고 있어."

"잠깐! 왜 그런 걸 말하는 거냐구!"

"……."

엘레나는 시끄러웠지만, 양아버지는 말도 없이 얼굴을 숙이고 어깨를 떨었다.

침묵이 내리깔렸다. 주위의 소란이 다른 세계의 일처럼 느껴졌다. 이윽고.

"크하하! 자기 여자를 데리고 온 거냐!"

양아버지가 호쾌하게 웃었다. 예상대로의 반응이었지만, 레이라는 어안이 벙벙한 얼굴이었다.

"나는 네가 여자한테 흥미가 없는 줄 알았지 뭐냐!"

"그건 너무한데!"

"그야, 넌 용돈을 많이 줘도 창관에 가거나 하질 않았으니 말이다."

"불러 주는 친구가 있어야 가지. 그리고 세금으로 창관에 가는 건 좀……."

쿠로노는 용돈이 많았던 이유에 놀라면서 그렇게 대꾸했다.

"어쨌든, 이걸로 우리 집안은 평안 무사하겠군."

"도련님은 늦된 분이셔서 앞으로도 10년 정도는 깨끗한 몸일 줄 알았습니다."

양아버지가 씨익 웃고, 마이라는 조용히 고개를 끄덕였다.

"뭐, 언제 죽어도 괜찮도록 애 만들기에 팍팍 힘써라."

"좀 더 다정한 말을 건네 줬으면 하는데."

"응? 다정하잖냐?"

"어디가?"

"대의명분을 준 거다. 이렇게나 다정한 아비가 어디에 있다는 거지?"

"그렇게 생각하니 다정한 듯한 느낌이 드네."

"그렇지, 그렇지."

양아버지는 만족스러운 듯이 고개를 끄덕였고, 레이라가 입을 열었다.

"저, 저기!"

"뭐냐?"

"괜찮겠습니까?"

레이라는 치뜬 눈으로 말했다. 하프 엘프인 자신이 쿠로노의 애인으로 괜찮겠냐는 의미라고 생각하지만, 잘 전해지지 않았던 모양이라 양아버지는 의아하다는 듯이 고개를 갸웃하고 있다.

"무슨——"

"주인님."

마이라가 양아버지의 말을 가로막았다.

"뭔데?"

"……귀를."

양아버지가 몸을 굽히자, 마이라는 까치발로 서서 귓가에서 뭔가를 속삭였다.

마이라가 떨어지고, 양아버지가 입을 열었다

"나는 아들의 애인이 하프 엘프라도 신경 쓰지 않아."

"……주인님."

양아버지가 웃으며 그리 말하자, 마이라는 신음했다. 섬세한 화제는 양아버지에게 맞지 않는 것이다.

"손자가 태어나는 게 기대되는군."

"성급하다고."

"그러냐?"

양아버지는 머리를 긁적이고, 마차로 시선을 향했다. 마차 뒤에서 페이가 이쪽을 보고 있었다.

작은 동물처럼 쭈뼛거리고 있었다.

"저것도 네 애인이냐?"

"그녀는 호위역이야. 호 · 위 · 역."

"크학!"

두 번째의 호위역이라는 말을 강조해서 말하자, 페이는 가슴을 누르며 그 자리에 주저앉았다.

사실을 말했을 뿐인데, 뭐가 충격이었던 걸까.

"날 포함해서 여덟 명인데, 묵고 가도 괜찮을까?"

"쿠로노 님, 소액이라면 소지금이——"

"그렇게 사양할 필요는 없다고."

양아버지는 레이라의 말을 가로막고 마이라에게 시선을 향했다.

"괜찮겠지?"

"여성분들에게 방을 하나씩 배정하면, 호위역 남성 네 분은 같은 방을 쓰게 됩니다만…….'

어떠신지요? 라고 묻는 것처럼 마이라는 사브에게 시선을 향했다.

아무래도 실질적인 리더가 사브라는 걸 꿰뚫어 본 모양이다.

"쿠로노와 여자 셋을 같은 빙으로 하면 되잖아."

"받아들이기 어렵습니다."

"어째서?"

"도련님께 세 명을 상대할 기량은 없습니다."

"확실히 그렇군."

마이라가 단언하자, 양아버지는 동의했다.

"그럼 사내놈들은 넷이 한 방이군."

"알겠습니다."

마이라가 공손하게 고개 숙였고, 양아버지는 크로포드 저택으로 돌아갔다.

"호위역 여러분, 마구간에 말을 이동시켜 주십시오."

"알겠슴다. 녀석들아, 가…… 누님?"

사브는 부하들에게 지시를 내리려다가 페이에게 시선을 향했다. 그러고는 겸연쩍은 듯이 얼굴을 찡그렸다.

뒤늦게나마 평소에 하던 식으로 지시를 내리려 했다는 걸 깨달은 것이리라.

"사브 씨에게 맡기는 것입니다."

"죄송함다. 녀석들아! 마구간에 말을 넣어라!"

사브는 사과하고는 부하에게 지시를 내렸다.

※

쿠로노가 식당에서 멍하게 있었더니 양아버지가 다가왔다. 오른손에 와인 병, 왼손에 잔을 두 개 들고 있다. 기품은 느껴지지 않지만, 약간 악당 같은 느낌이 멋지다.

"낮부터 술?"

"야, 야, 너까지 마이라 같은 말을 하는 거 아니다."

양아버지는 투덜거리듯이 말하고는, 맞은편 자리에 앉았다. 잔 하나를 쿠로노 앞에, 다른 하나를 자기 앞에 놓고는 와인을 따랐다. 향기로운 냄새가 희미하게 감돈다.

"그러고 보니 네 애인은 어디 있냐?"

"방에서 쉬고 있어."

"그건 아쉽군. 같이 술을 마시고 싶었는데 말이다."

양아버지는 잔을 손에 쥐었다. 하지만 입가에는 옮기지 않았다. 조용히 잔을 기울이고 있다.

"많은 일이 있었던 것 같구나."

"그랬지."

"남 일처럼 말하는군."

"많은 일이 있어서 나도 아직 다 이해하지 못한 상태야."

쿠로노는 잔을 손에 들고 양아버지와 마찬가지로 잔을 기울였다.

"너는…… 군사학교 성적은 안 좋고, 친구는 없고, 여색도 즐기지 않아서 솔직히 일찍 뒤져버리는 거 아닐까 하고 생각했다."

"친구랑 여자는 상관없지 않아?"

"바보 녀석, 부모로서 걱정이었다는 말이다."

"……부모인가."

쿠로노는 와인을 마셨다. 가족의 얼굴을 떠올리려 했지만, 안

개가 낀 것처럼 애매했다.

친부모는 지금도 자신을 찾고 있을까. 아마, 찾고 있을 것이다.

그런데도 자신은 클로드를 아버지로서 따르고 있다. 불효막심한 남자다. 자신이 싫어진다.

양아버지는 와인을 다 마셨다. 푸핫— 하고 숨을 내뱉고는 빈 잔에 와인을 따랐다.

"나는 너를 진짜 자식이라고 생각하고 있어."

"고마워. 기뻐."

"그건 내가 할 말이다. 네 덕분에 생활에 의욕이 났어."

"같이 살고 있지 않은데도?"

"그건 문제가 아니라고. 내가, 우리가 고생해서 개척한 영지를 아들에게 물려줄 수 있는 거다. 조금만 더 분발하자, 라는 마음이 든다고. 그러니까 살아 있어서 다행이야."

"어찌어찌 살아남았어. 아버지와 어머니 보기에 부끄러운 짓도…… 하지 않았다고 생각해."

쿠로노는 엘프들—— 레이라에게 책임을 떠넘기려 했던 것을 떠올리고 입술을 꽉 깨물었다. 부끄러울 짓은 하지 않았지만, 그건 미수였을 뿐이다.

양아버지는 쿠로노의 잔에 와인을 따랐다.

"……정말로 많은 일이 있었던 것 같구나."

"……."

쿠로노는 아무 말도 할 수 없었다.

"너는 나랑 다르게 싸우는 게 적성에 맞지 않고, 머리가 영리한 면이 있으니 이것저것 생각하고 마는 거겠지. 그런 너한테 내가 줄 수 있는 조언이라고 한다면, 웃으라는 거다."

양아버지는 그렇게 말하고는 야성미 넘치는 미소를 띠었다.

"적과 대치해서 똥을 지릴 것 같을 때, 적을 베어 죽였을 때, 모든 수단이 막혀 속수무책일 때, 내가 도망갈 수 있도록 부하가 사지로 향할 때, 부하가 엉망진창이 되어 돌아왔을 때, 웃어라. 여하튼 웃고 있으면 어떻게든 될 것 같은 느낌이 드는 법이라고."

"무모한 말이군."

"처음 세 개만큼은 실행하라고."

"마음에 새겨 둘게."

쿠로노는 양아버지와 잔을 맞부딪쳤다.

※

엘레나는 객실 테이블에 여행 가방을 내려놓고 시선을 이리저리 옮겼다.

"……살풍경한 방이네."

감상을 불쑥 중얼거렸다. 방에는 최소한의 가구밖에 없다.

보통은 항아리나 회화 등의 실내 장식품을 두는 법이지만, 크로포드가(家)는 다른 모양이다.

역사가 얕은 신귀족답다고 하면 신귀족답다. 분명, 그런 가풍

일 것이다.

부하나 사용인을 소중히 여기는 것도 마찬가지 이유일 게 틀림 없다.

아무래도 좋지만, 하고 엘레나는 침대에 벌렁 자빠졌다. 이불을 막 말린 참이리라.

따뜻해서 기분이 좋다. 이대로 잠들어 버릴 것만 같다.

"……이제야 여기까지 왔어."

눈을 감고 중얼거렸다. 쿠로노한테 부탁하는 건 굴욕이었다. 떠올리면 몸이 뜨거워진다. 솔직히 말하면 잘 풀릴 거라고는 생각지 않았다. 특수한 방식으로 육체관계를 맺고 있다고는 해도, 쿠로노와의 동침은 나름 횟수를 거듭해 왔다. 그 탓에 경계심이 느슨해진 것이리라. 쿠로노도 남자라는 말이다. 사람이 할 수 있는 일은 전부 했다. 나머지는 숙부와 필립이 무도회에 오기를 기도할 뿐이다.

"……필립."

전 약혼자의 이름을 중얼거렸다. 노예 상인 밑에 있었을 때, 그가 마음의 버팀목이었다.

어리석게도 그가 문을 열고 구하러 와 줄 것이라고 믿고 있었다.

어머니를 죽이고, 자신을 곤경에 빠뜨린 범인 중 한 명이라는 것도 모르고.

"반드시 죽여 주겠어."

눈을 뜨고 여행 가방을 봤다. 저 안에는 검신이 가느다란 단검을 숨겨 놓았다. 가죽 벨트도 들어있다.

무도회장에 가지고 들어갈 계획은 세워 뒀지만, 성공할지 어떨지는 도박이다.

다른 방법을 생각해 두는 편이 좋을지도 모른다. 그때 달칵, 하는 소리가 울렸다.

문을 여는 소리다. 펄떡 일어났다가 휴, 하고 안도의 한숨을 내쉬었다. 문을 연 것은 페이였다.

"네 방은 옆방이야."

"……."

들리지 않는 것인지, 페이는 휘청휘청 걸어 침대 근처에서 주저앉았다.

무언가를 중얼중얼 말하고 있다. 조금 전까지 빠릿빠릿했는데 엄청난 변모다.

호위 일이 일단락되어 긴장의 끈이 끊겨 버린 것일까.

엘레나는 침대에서 내려와 무릎을 바닥에 대고 페이 옆에 앉았다.

"잠깐, 듣고 있어?"

"신이시여, 신이시여, 저는 글러 먹은 기사입니다. 패배하고 만 것입니다. 이래서는 가문을 다시 일으키는 건 꿈만 같은 이야기입니다."

페이의 눈동자에서 눈물이 흘러 떨어졌다. 살아 있었으니까 됐잖아 하는 생각이 들었지만, 그만큼 검술 실력에 자신이 있었던 것이리라. 검 실력만 있다면 가문을 다시 일으킬 수 있다는 자신 감이다.

"이제 틀렸습니다. 쿠로노 님에게 버림받고 말 겁니다."

"얼른——"

나가라는 말을 아슬아슬한 부분에서 삼켰다. 쿠로노한테서 페이를 위로해 주라는 말을 들었기에 쫓아내기가 양심에 찔렸다.

어떤 말을 건네야 할지 생각하고 있었더니, 갑자기 페이가 일어섰다.

"자, 잠깐!"

엘레나는 목소리를 높였다. 페이가 옷을 벗기 시작한 것이다. 그녀는 막힘없이 군복을 벗어 던졌다. 속옷 차림이 되는 데 그리 시간은 걸리지 않았다. 꿀꺽, 하고 군침을 삼켰다. 페이는 아름다웠다. 잘 단련된 이 몸이 어떻게 움직이는 걸까. 그런 생각을 하고 있었더니, 페이가 문을 향해 휘청휘청 걷기 시작했다.

"스톱!"

"——!!"

엘레나가 팔을 벌리며 앞을 막아서자, 페이는 잽싸게 뒤로 물러나며 정신이 번쩍 든 듯한 표정을 지었다.

"엘레나 님입니까? 어째서 이런 곳에 있는 것입니까?"

"네가 들어온 거야."

"노크도 하지 않고 들어오는 건 바람직한 행동이라 하기 어려운 것입니다."

"그러니까, 네가 내 방에 들어온 거라고."

"……면목 없습니다."

페이는 어깨를 풀썩 떨궜다.

"그래서, 너는 뭘 하는 거야?"

"사과하러 가려던 참입니다."

"그 차림으로?"

"냄새가 나는 것입니까?"

페이는 팔을 들어 킁킁, 하고 냄새를 맡았다. 엘레나는 한숨을 내쉬고, 침대에 앉았다.

"그만한 추태를 저질렀으니 성의를 보이고 싶다는 마음은 이해해."

"이해해 주시니 다행입니다."

페이는 휴, 하고 안도의 한숨을 내쉬었다.

"하지만 밤 시중을 들 테니 용서해 달라고 말해 봤자, 용서받지 못할 거야."

"──!! 그러면, 어떻게 하면 용서받을 수 있는 것입니까?"

페이는 숨을 삼키고는 엘레나에게 바싹 다가왔다. 엘레나가 손바닥을 향하자 멈춰 섰다.

"평범하게 사과하면 돼."

"쿠로노 님은 용서해 주시지 않으셨습니다! 밤 시중 말고는 방도가 없는 겁니다!"

페이는 무릎을 꿇은 채 엘레나의 다리에 매달렸다. 그 모습을 봐도 '불쌍하다' 이외의 감정은 솟지 않았다.

자기가 쿠로노의 발밑에 무릎 꿇을 때는 형언할 수 없는 감각에 지배당하는데…….

"밤 시중, 밤 시중 쉽게 말하는데 말이지. 밤 시중은 네가 생각하는 것보다 훨씬 힘들다구."

"그, 그렇게나 힘든 것입니까?"

"당연하지!"

"히익!"

엘레나가 거친 목소리로 말하자, 페이는 작게 비명을 질렀다.

"적어도 너 같은 생각으로는 해낼 수 없어."

"저는 기사로서도, 여자로서도 도움이 되지 않는 것이군요. 아버님, 어머님, 저는…… 페이는 가문을 다시 일으킬 수 있을 것 같지 않습니다. 흐윽, 흐으으으윽!"

페이는 힘없이 머리를 숙이고는 꺼이꺼이 울기 시작했다.

"잠깐, 울지 마."

"쿠, 쿠로노 님한테까지 버림받으면, 이젠, 끝장, 끝장인 겁니다!"

"절박한 모양이네."

엘레나는 절절히 중얼거렸다. 눈물과 콧물로 얼굴이 엉망진창이 되어 우는 모습은 기사답지도, 스물을 넘긴 여자로도 보이지 않았다. 어린애라 생각하고 접하는 편이 좋으리라.

"이제 울지 마."

"하, 하지만, 흐윽, 버림받고, 흐끄윽, 만 겁니다."

엘레나가 머리를 쓰다듬자, 페이는 끅끅대면서 말했다.

"쿠로노 님은 그렇게 쉽게 부하를 저버릴 사람이 아니야."

"정말입니까?"

페이가 고개를 들었다. 눈동자가 기대로 반짝였다. 엘레나는 페이가 진짜로 어린애 같다는 생각이 들었다.

"정말이야. 왜냐면 나한테 널 위로해 주라고 명령했는걸? 그건 관심이 있다는 거잖아? 그렇게 생각 안 해?"

"그러면, 어째서 용서해 주지 않는 것입니까?"

"쿠로노 님은 네가 실패했기 때문에 화낸 게 아니야. 명령을 무시하고 도적을 쫓아가서 동료를 위험에 빠트렸기 때문에 화낸 거야. 무슨 말인지 알겠지?"

"……."

페이는 입을 다물었다. 모르겠다고 말하면 어쩌지? 하는 불안이 솟아났다. 하지만 그때는 그때다. 그녀의 이해력까지 책임을 질 수는 없다.

"……그렇군요. 저는 쿠로노 님의 명령을 무시하고 만 것입니다."

"그래. 대견해. 잘 이해했네."

엘레나가 다정하게 말을 건네자, 페이는 일어섰다. 갑작스러운 일에 눈을 휘둥그레 떴다.

"왜 그래?"

"쿠로노 님께 사과하고 오는 것입니다!"

페이는 그렇게 말한 뒤 방에서 뛰쳐나갔다.

"······정말로 어린애 같은 녀석이네."

엘레나는 한숨을 내쉬었고, 바닥에 군복이 널브러져 있는 걸 알아차렸다.

황급히 군복을 주워 페이 뒤를 쫓았다. 위쪽에서 쾅, 하는 소리가 울렸다.

아마 페이가 쿠로노의 방문을 연 것이리라.

저 바보! 하고 마음속으로 악다구니를 내뱉은 뒤, 계단을 뛰어 올라갔다. 운동 부족이라 다리가 땡땡 부었다.

쿠로노의 방에 들어갔다. 그랬더니, 페이가 쿠로노 발밑에 무릎 꿇고 있었다.

쿠로노가 이쪽으로 시선을 향했다. 무슨 짓을 한 거야? 라고 말하고 싶어 하는 듯한 얼굴이었다.

"쿠로노 님! 이제야 알게 되었습니다!"

"뭘 알았다는 건데?"

쿠로노는 페이를 내려다봤다. 시시한 걸 보는 듯한 바로 그 눈으로 말이다.

자기가 그 시선을 받는 게 아닌데도 엘레나는 몸이 뜨거웠다. 페이도 마찬가지였는지 몸을 움츠리고 있었다.

"쿠로노 님께서 화내셨던 이유 말입니다."

"계속해 봐."

쿠로노가 다음을 재촉하자, 페이는 쭈뼛쭈뼛 입을 열었다.

"저는 쿠로노 님의 명령을 무시하고, 게다가 동료를 위험에 빠트리고 말았습니다."

"이유를 이해했다는 건 알았어. 그래서, 왜 명령을 무시한 거지?"

"그건……."

페이가 우물거렸고, 엘레나는 마음속으로 성원을 보냈다.

"공명심이 앞서고 만 것입니다. 호위 임무를 저버려 면목 없습니다."

"그래서, 이제부터 어떻게 할 거야?"

쿠로노는 의자에 앉더니 다리를 꼬았다.

"두 번 다시 제멋대로인 행동을 하지 않겠다고 맹세하는 것입니다."

"……그래."

쿠로노는 조용히 고개를 끄덕이고는 입을 다물었다. 길고 긴 침묵 뒤에 입을 열었다.

"누구나 실수할 수는 있지. 하지만 제멋대로 행동해서 동료를 위험에 빠뜨리는 건 별개야. 이번에는 용서해 주겠지만, 두 번 다시 이런 일이 없도록."

"넵! 잘 알겠습니다!"

페이는 그렇게 말하고는 일어섰다. 중압에서 해방된 탓인지 표정은 상쾌했다.

"마지막으로……."

"넵! 무엇입니까?!"

페이는 등을 쭉 펴고 말했다.

"어째서 속옷 차림이지?"

"쿠로노 님의 용서를 받기 위해 밤 시중을 들려고 생각한 것입니다!"

"그렇군."

쿠로노는 담담한 어조로 말했지만, 엘레나는 그의 입가가 살짝 풀어진 순간을 놓치지 않았다.

"하지만 제 생각이 짧았던 것입니다! 엘레나 님 밑에서 수업(修業)을 쌓고 다시 오도록 하겠습니다!"

"아, 그렇습니까……."

쿠로노는 아쉬운 듯이 말했다.

쿠로노 전기

이세계 전이한 내가 **최강**인 건
침대 위에서만인 것 같습니다

제3장 『칠푼이 메이드』

　제도에 도착한 다음 날── 레이라는 마이라와 마주 보고 차를 마시며 한담을 나누고 있었다. 그것도 마이라의 방에서. 방의 구조는 3층에 있는 객실과 그리 다르지 않다. 차이가 있다고 한다면 다과회용 테이블과 의자가 있다는 정도일까.

　레이라는 의자에 얕게 앉아 마이라의 이야기에 귀를 기울였다. 마이라── 이름 없는 노예였던 그녀가 사들여진 건 30년 하고도 수년 전의 일이라는 듯하다. 당연하다고 할지, 그녀를 사들인 건 당시 용병이었던 쿠로노의 아버지── 클로드 크로포드였다. 그는 작위도 없는데 성씨를 대는 자기현시욕이 강한 성격이었다는 모양이다. 더욱이, 앞뒤 생각하지 않는 성격이었다는 것 같다.

　인간 대부분은 노예에게 싸우는 법을 가르치거나 학식을 몸에 쌓게 시키지 않는다. 노예의 무기가 자신을 향하거나, 노예가 학식을 쌓아 자신을 책략에 빠뜨리는 것을 두려워하기 때문이다. 그러나 클로드는 마이라에게 싸우는 법을 가르치고, 학식을 몸에 쌓게 했다. 물론 마이라는 배신하지 않았다. 배신하기는커녕 지금에 이르기까지 헌신적으로 클로드를 뒷받침해 왔다.

　마이라는 한동안 이어진 이야기를 끝내고는 찻잔을 입가에 옮겼다. 예전에 노예였다고는 생각되지 않을 정도로 우아한 동작이었다. 자신도 나이를 먹으면 그녀처럼 될 수 있을까. 그런 생각을 하고 있었더니, 마이라는 조용히 찻잔을 내려놓았다.

"……어떠셨습니까?"

"네, 가슴이 뜨거워졌어요."

마이라의 이야기는 재미있었다. 자신도 그와 마찬가지로 쿠로노를 뒷받침하고 싶다고 강하게 느꼈다.

"질문은 없습니까?"

"괴롭다고 느낀 적은 없었나요?"

"그렇군요."

마이라는 조용히 미소 지었다.

"많은 일이 있었지만, 남쪽 변경을 개척하는 게 가장 괴로웠네요."

"그런가요."

레이라는 작게 중얼거렸다. 너무한 이야기라고 생각했다. 황위를 둘러싼 내란을 수습한 주역을 원생림이 펼쳐진 변경에 가두어 두었을 뿐만 아니라 개척을 명령한 것이다. 이게 배신이 아니고 무엇이란 말인가.

"하지만 남쪽 변경 개척은 성공했고, 지금은 제국 유수의 곡창 지대가 되었습니다. 역시, 주인님한테 건 게 정답이었어요."

"네?"

레이라는 자기도 모르게 되물었다. 그녀는 뭐라고 말한 것일까. 혹시, 주인님한테 건 게 정답이라고 말한 것일까. 아니, 말도 안 된다. 그녀는 헌신적으로 주인을 뒷받침하는 퍼펙트 메이드인 것이다. 그런 도박꾼 같은 대사를 할 리가――

"역시, 주인님한테 건 게 정답이었습니다. 도련님도 순조롭게 출세하고 있는 모양이고, 이제부터의 인생은 무사태평하겠네요."

으하하! 하고 마이라는 소리 높여 웃었다. 레이라는 존경심이 희미해져 가는 것을 느꼈다.

아아, 그렇다. 자신은 그녀를 존경하고 있었다. 그녀처럼 되고 싶다고 생각했다.

그런데 너무한 배신이었다.

"제 방으로 돌아가도 괜찮을까요?"

"이야기는 이제 막 끝난 참입니다. 나 참, 젊은 분은 성급해서 안 되겠네요."

"하, 하아……."

레이라는 애매하게 고개를 끄덕였다. 솔직히 말하면 방으로 돌아가고 싶다. 쿠로노 옆에 있고 싶다.

하지만 대놓고 무시할 수는 없는 노릇이었다.

"그러면 본론으로 들어가겠습니다."

"……네."

마이라가 자세를 바로 하고 앉았기에 레이라는 등을 쭉 폈다.

"제 밑에서 메이드로서 수업을 쌓아 보지 않겠습니까?"

"메이드요?"

"예, 그렇습니다."

레이라가 되묻자 마이라는 만족스러운 듯이 고개를 끄덕였다.

"저기, 저는 실질적으로 사흘 정도밖에 제도에 있을 수 없는데요……."

"사흘 있으면 기초를 주입하는 데 충분합니다."

"무도회에도 참가해야 해요."

"충분합니다."

마이라는 힘있게 단언했다. 레이라를 메이드로 만들고 싶다는 강한 의지를 느꼈다.

"어째서, 저인 거죠?"

"도련님의 애인이시기에. 장래를 위해 영향력을 남겨 두고 싶다고 생각했습니다."

마이라가 태연하게 말하자, 레이라는 현기증을 느꼈다. 이 사람은 자기 생각밖에 하고 있지 않다.

어째서 이런 사람을 존경하고 만 것일까. 일생의 불찰이다.

"더 나아가서는 주인님과 마찬가지로 무언가를 남겨 두고 싶다고 생각해서 말입니다."

"주…… 클로드 님과 마찬가지로, 말인가요?"

"제 눈은 정확했습니다. 당신에게는 메이드의 소질이 있는 것 같습니다."

마이라는 씨익 웃었다.

"저기, 저는 병사로서 쿠로노 님을 섬길 수 있다면 만족해요."

"그렇습니까. 그건 안타깝군요. 제가 아니라, 도련님이 말입니다."

"어째서 쿠로노 님이 안타까워하신다는 거죠?"

"남성분은 사랑하는 여성이 언제나 아름답기를 바라는 법입니다."

"──!!"

레이라는 숨을 삼켰다. 쿠로노가 드레스를 마련해 준 것을 떠올렸기 때문이다.

그때는 깊게 생각하지 않았지만, 어쩌면 그런 마음이 있었던 것일지도 모른다.

게다가, 하고 마이라는 뒷말을 이었다.

"아름다움이란 겉모습에만 깃드는 것이 아닙니다. 이해하고 있겠지요?"

"네, 넵."

레이라는 고개를 끄덕였다. 마이라가 향차(香茶)를 마시는 동작을 우아하다고 생각했다. 고개를 끄덕일 수밖에 없다.

"교양 또한 아름다움의 하나라고 말할 수 있겠지요."

"……네."

레이라는 피를 토하는 심정으로 말을 꺼냈다. 역시, 자신은 바보다. 사려가 깊지 못하다.

아름다움이란 외모라고 생각하고 있었다. 너무나 부끄러운 나머지 죽어 버릴 것만 같다.

"당신은 현재 상황에 만족하여 높은 곳을 지향하는 걸 게을리하고 말았습니다."

"네, 넵, 죄송합니다."

그제야 겨우, 마이라가 안타깝다고 말한 의미를 이해했다.

높은 곳을 지향하는 걸 잊은 애인을 둔 쿠로노가 불쌍하다고 말한 것이다.

"저, 저기!"

"무슨 일이십니까, 손님."

"——!!"

손님이라는 말에 레이라는 충격을 느꼈다. 그녀는 선인(先人)으로서 접해 주고 있었다.

그런데도 자신은 멋대로 실망했다. 어쩌면 이리도 어리석었던 걸까.

"하겠어요! 메이드 수업을 쌓겠습니다! 아뇨, 쌓게 해주세요!!"

"수업은 가혹합니다만?"

"버티겠습니다! 버텨 보이겠어요!"

"멋집니다. 역시 제 눈은 잘못되지 않았군요."

짝, 짝 하고 마이라는 손뼉을 쳤다.

"수업은 가혹합니다만, 이 시련을 극복했을 때 당신은 새로운 경지에 오를 수 있겠지요. 그런 당신을 도련님은 자랑스럽게 생각하실 게 틀림없습니다."

"제가 쿠로노 님의 자랑으로……."

레이라는 그렇게 중얼거리고는 군침을 꿀꺽 삼켰다.

"각오가 된 모양이네요."

"네!"

"그러면 전 이제부터 상사로서 당신을 대하겠습니다. 이후는 저를 교관이라 부르십시오."

"네, 교관."

"님을 잊었습니다."

"네, 교관님."

"목소리가 작다!"

"네! 교관님!!"

마이라의 질책을 받고 레이라는 목소리를 크게 높였다.

"좋은 목소리입니다. 대답은 '네', 혹은 '아니오'로 대답하고, 제게는 교관님, 도련님에게는 주인님, 클로드 님에게는 어르신을 붙이십시오."

"네! 교관님!"

마이라는 기분 좋은 듯이 눈을 가늘게 뜨고 미소 지었다.

"그리고 제도에 있는 동안은 도련님의 방을 찾아가는 건 금지합니다."

"그, 그건!"

"대답은 '네', 혹은 '아니오'뿐입니다!"

"……"

레이라는 침묵했다. 어느 쪽을 선택해도 질책받으리라는 예감이 있었다.

"침묵…… 그것도 또한 선택 중 하나겠지요."

마이라는 조용히 일어섰다. 문으로 다가가 활짝 열었다.

"당신의 마음은 알았습니다. 그렇게나 동침하고 싶다면 제지하지 않겠습니다. 하지만, 유감입니다. 당신이 도련님의 자랑이 될 기회를 버리고 만 것이 심히 안타깝습니다."

"⋯⋯큭."

레이라는 신음했다. 하셀에서 출발하고 난 이후로 한 번도 쿠로노와 관계를 가지지 않았다.

경험칙에 지나지 않지만, 오늘 밤쯤에 쿠로노가 요구해 올 터다.

"하다못해, 내일부터⋯⋯."

"왈가왈부할 가치도 없군요. 당신이 선택할 수 있는 건 메이드가 될 것인가, 되지 않을 것인가 둘 중 한쪽뿐입니다."

발붙일 여지도 없다는 건 이런 것인가. 레이라는 입술을 꽉 깨물었다. 솔직히 말하면 쿠로노와 사랑을 나누고 싶다. 쿠로노가 자신을 원해 주었으면 한다. 하지만 그것만으로는 쿠로노의 자랑거리가 될 수 없다. 언젠가 또 그 무게에 견딜 수 없게 된다. 자신을 선택할지, 쿠로노를 선택할지 고르지 않으면 안 된다.

"⋯⋯알겠어요."

"멋집니다."

레이라가 말을 쥐어짜 내자, 마이라는 미소 지었다. 그 미소가 악마의 그것처럼 느껴졌다.

그녀는 옷장을 열고는 메이드복을 꺼냈다.

"당신에게 이걸 하사하지요."

"네, 교관님."

레이라는 일어나 마이라한테서 메이드복을 받아들었다.

"입어봐 주십시오. 아, 갈아입을 때는 침대를 써도 상관없습니다."

"네, 교관님."

레이라는 발길을 되돌려 침대 위에 메이드복을 올려놓았다. 문득 어떤 사실을 알아차렸다.

"교관님!"

"무엇입니까?"

"스커트 길이가 짧은 것 같은데요……."

레이라는 침대 위에 올려놓은 메이드복―― 그것의 스커트 부분을 내려다봤다.

무릎, 아니, 더 짧다. 이래서는 속옷이 보이고 말지 않는가.

"……게다가 앞가슴도."

레이라는 신음했다. 크게 벌어져 있지 않기에 몰랐지만, 앞가슴에 여유가 있다.

그것도 상당히. 이래서는 위에서 들여다봤다간 속옷이 보이고 만다.

"그것이 뭔가 문제라도?"

"속옷이 보이고 맙니다."

"그게 뭐 어쨌다는 거죠?"

마이라는 담담하게 말했다. 뭐가 문제인지 모르겠다고 말하고 싶어 하는 듯한 태도다.

상식적으로 생각해서 모를 리는 없을 것이다. 즉, 일부러다.

"속옷을 입지 않아도 저는 전혀 신경 쓰이지 않습니다만?"

"제가 신경 쓰인다고요!"

"그렇습니까. 안타깝습니다."

레이라가 소리치자, 마이라는 한숨 섞인 어조로 말했다.

"이 메이드복을 입으면 도련님은 기뻐하시겠지요."

"쿠로——, 주인님이……."

"예, 주인님은 메이드를 좋아하시니 말입니다."

"정말인가요?"

"예, 정말입니다."

레이라는 마이라를 쳐다봤다. 거짓말은 아니라고 생각하지만, 확인할 방도는 없는 것이나 마찬가지다. 후작 저택에서 쿠로노는 어땠을까. 문득 여주인을 떠올렸다. 한때 여주인은 앞가슴이 벌어지고, 스커트 기장이 짧은 메이드복을 입고 있었다. 만약 그것이 쿠로노의 요망에 응하고 있었던 것뿐이라면. 심장 고동이 빨라진다. 설마, 그런, 하지만——

"어떻게 하겠습니까?"

"입겠어요."

레이라는 군복에 손을 댔다. 시선을 느꼈지만, 일부러 무시하고 군복을 벗었다. 벗은 군복을 개고 메이드복으로 갈아입었지만, 정말로 아슬아슬했다. 이런 걸로 쿠로노의 자랑이 될 수 있는 걸까 하는 의심이 솟아올랐다.

"이쪽을 보십시오."

"네, 교관님."

레이라는 몸을 돌렸다가, 황급히 스커트를 눌렀다. 정말로 아슬아슬한 것이다. 스커트를 누르고 있지 않으면 속옷이 보이고 만다. 마이라는 레이라를 빤히 쳐다봤다. 옷을 갈아입는 걸 쳐다봐도 아무렇게도 느끼지 않았다. 그런데도 메이드복을 입은 지금은 그녀가 쳐다보는 게 창피하다.

"그럭저럭이군요."

"감사——"

"하지만, 착각해서는 안 됩니다."

마이라는 레이라의 말을 가로막고 발을 내디뎠다. 그대로 눈앞을 왔다갔다한다.

"알겠습니까? 지금의 당신은 잡일 시녀조차 아닌, 칠푼이 메이드입니다."

"칠푼이 메이드……."

"이 세상에서 가장 못난 메이드의 이름입니다."

레이라가 앵무새처럼 마이라의 말을 그대로 중얼거리자, 마이라는 살짝 바보 취급하는 듯한 표정을 띠었다.

"그러나 비관할 것은 없습니다. 제가 당신에게 메이드란 무엇인지를 철저히 교육해 드리지요. 훈련은 가혹합니다만, 이 시련을 극복했을 때 당신은 메이드로서 첫걸음을 내딛게 될 것입니다. 기쁩니까?"

"네, 교관님."

"목소리가 작습니다! 좀 더 배에서 목소리를 내도록 하세요!!"

"네! 교관님!"

"더입니다!"

"네! 교관님!!"

후우, 하고 마이라는 한숨을 내쉬고는 고개를 가로저었다.

"앞날이 걱정됩니다만, 저는 저버리지 않습니다. 당신이 앞으로 나아가려는 의지를 가진 한. 대답은?"

"감사합니다! 교관님!"

"그러면 일을 시작하도록 하지요. 우선은 현관, 앞뜰, 마구간 청소입니다. 청소가 끝나면 도련님과 주인님을 깨우러 간 뒤 아침 식사를 준비합니다. 그렇긴 해도 밑 준비는 이미 되어 있습니다만⋯⋯ 아아, 중요한 걸 잊고 있었네요."

마이라는 생각났다는 듯이 말하고는 옷장에서 빗자루를 꺼냈다.

어째서 빗자루가 옷장에 있는 것인가. 분명, 딴지를 걸어서는 안 되는 부분이리라.

"도련님과 관계를 가질 수 없는 당신을 위해 준비한 연인을 완전히 까먹고 있었습니다. 자, 받도록 하세요."

"네! 교관님!!"

마이라가 내민 빗자루를 받아들었다. 매우 오래된 빗자루였다.

손잡이 부분은 거무스름해져 번들번들 빛나고 있다.

"청소할 때는 빗자루가, 요리할 때는 식칼이 당신의 연인입니다.

결코 바람 피지 않도록. 설령 그것이 도련님이라 하더라도."

"주인님께서 원할 때는 어떻게 하면 좋을까요?"

"걱정할 필요 없습니다."

마이라는 씨익 웃었다. 악마 같은 미소다. 당연히 불길한 예감이 들었다.

"도련님께는 어제 중에 이야기를 드려 놓았습니다. 메이드 수업에 방해가 되기에 당신에게는 손을 대지 말아 달라고 말이지요."

"쿠로——, 주인님은 그걸 받아들이신 건가요?"

"최종적으로는 양해해 주셨습니다. 어젯밤에도 당신을 부르고 싶어서 견딜 수가 없는 낌새였지만 말입니다."

"뭣!"

레이라는 말을 잃었다. 마이라의 이야기가 사실이라고 한다면 어젯밤은 관계를 가질 수가 있었다.

그 기회를 빼앗겼다. 용서할 수 없는 일이다. 최대한의 증오를 담아 노려봤다.

하지만 마이라는 아무런 아픔이나 간지럼도 느끼지 못하는 듯했다. 그렇기는커녕 미소 짓고 있다.

증오를 받는 게 아니라 축복받고 있다고 느끼는 것처럼.

"제도를 떠날 때까지 도련님이 당신에게 손을 대는 일은 없습니다. 알겠습니까? 알았다면 밖으로 나가서 청소를 시작하지요."

"……큭."

증오로 사람을 죽일 수 있다면, 하고 레이라는 신음했다.

"대답이 없습니다! 칠푼이 메이드!"

"네! 교관님!!"

레이라는 자포자기 상태가 되어 외쳤다. 자신은 나아갈 길을 그르친 것일지도 모른다.

그런 생각이 뇌리를 스쳤다.

※

"주인님, 일어나 주십시오."

그런 목소리와 함께 누군가가 몸을 흔든다. 흔들흔들이 아니라 흔들, 흔들, 하는 느낌이다.

조심스러워하고 있는 건지, 익숙하지 않은 건지, 양쪽 다인지. 졸음을 쫓아내기에는 부족하다.

"교관님!"

"계속하십시오."

그런 대화가 들린다. 무슨 일인가 싶어 눈을 뜨니, 레이라가 이쪽을 들여다보고 있었다.

군복 차림이 아니다. 메이드복 차림이었다. 앞가슴에 여유가 있고, 속옷이 보였다. 득을 본 기분이다.

"안녕."

"아, 안녕히 주무셨습니까, 주인님."

쿠로노가 몸을 일으켜 인사하자, 레이라는 뒤로 펄쩍 물러나 살짝 뒤집힌 목소리로 말했다.

레이라를 빤히 쳐다봤다. 허벅지가 보일 정도로 짧은 스커트, 여유가 있는 앞가슴.

그건 몸을 앞으로 기울이거나 계단을 오르면 둘 중 어느 쪽 속옷도 보인다는 말이다.

훌륭하다. 이곳은 천국인 걸까.

레이라는 침대 옆에서 뭉그적뭉그적하고 있다. 창피한 것인지 귀까지 새빨갛다.

"저, 저기, 주인님?"

"주인님……?"

쿠로노는 레이라의 말을 그대로 따라 하며 중얼거렸다. 평소에는 쿠로노 님인데……?

의아하게 여기고 있자, 마이라가 한 걸음 앞으로 나섰다.

"말씀드렸던 대로, 그녀에게는 메이드로서 일하게끔 하고 있습니다."

"아아, 그러고 보니 그런 이야기를 했었지."

오랜 여행으로 인한 피로를 풀어주기를 바랐는데, 마이라는 레이라에게 집착하고 있었다.

무슨 일이 있어도 레이라를 메이드로 만들고 싶다는 열의를 느꼈다.

그래시 이쩔 수 없이 레이라가 OK하면, 이라는 조건으로 허가한 것이다.

그 직후에 메이드 수업을 방해하지 말아 달라는 말을 들은 건 놀랐지만…….

"도련님, 제 일 처리는 어떻습니까?"

"……."

쿠로노는 다시금 레이라를 쳐다봤다. 아름다운 각선미, 얌전하게 자기 존재를 주장하는 가슴, 게다가 상기된 뺨, 힘없이 처진 귀. 그야말로——

"퍼펙트야, 마이라. 완벽해. 업무용 복장일 터인 메이드복 스커트를 짧게 만들고 앞가슴에 여유를 두는 폭거. 하지만, 그래서 더 좋군."

"칭찬해 주시니 지극히 기쁘게 생각합니다."

마이라는 히죽 웃고는 가볍게 머리를 숙였다.

"그러면 메이드복 차림의 레이라를 보신 감상은?"

"무척 훌륭해."

"가, 감사합니다, 주인님."

레이라는 기세 좋게 고개를 숙였다가, 당황한 기색으로 스커트를 눌렀다. 마치 머리만 숨기고 꼬리는 드러낸 꼴이다.

스커트를 너무 신경 쓴 나머지 앞가슴에 대한 주의가 소홀해지고 말았다. 역시 이곳은 천국이다.

아침부터 좋은 것을 봤다며 쿠로노는 침대에서 내려왔다.

하지만 레이라와 마이라는 나가지 않았다. 속옷 차림을 보여도 창피하지는 않지만…….

"갈아입고 싶은데?"

"도련님, 갈아입으시는 걸 돕는 것도 메이드의 일입니다."

"혼자서 할 수 있으니……."

됐다는 말을 아슬아슬한 데서 삼켰다. 일부러 돕겠다고 말한 이유 있을 터다.

"그건 옷을 건네주는 것뿐만이 아니고?"

"물론입니다."

"무릎 꿇고 바지를 입혀 주는 겁니까?"

"돕는다는 건 그런 의미가 아닌지?"

"그, 그럼, 부탁해 볼까나."

마이라가 당연하다는 듯이 말하자, 쿠로노는 타협했다. 조금 더 이 천국에 있고 싶다.

"레이라, 도와드리세요."

"네, 교관님."

마이라의 명령에 따라 레이라는 옷장에 다가갔다. 군복을 꺼내기 위해 손을 뻗었더니, 메이드복 스커트가 당겨진다.

레이라는 스커트를 누르려고 했지만——

"그대로 군복을 꺼내세요."

"네, 넵, 교관님."

마이라의 명령을 받고, 레이라는 스커트를 누르는 것을 멈추고 군복에 손을 뻗었다. 스커트가 당겨졌지만, 아슬아슬하세 보이시 않는다. 어찌어찌 군복을 꺼내고 돌아왔다.

"군복은 침대 위에. 우선은 셔츠를."

"네, 교관님."

레이라는 군복을 침대에 올려놓고 셔츠를 손에 들었다. 속옷이 보일 것만 같았으나 이번에도 아슬하게 보이지 않았다.

"주인님, 여기 있습니다."

"고마워."

쿠로노는 고맙다는 말을 한 뒤 셔츠에 팔을 집어넣었다. 등에 부드러운 것이 닿았다. 레이라의 가슴이다.

레이라는 뺨을 빨갛게 물들이면서 몸을 돌리다가 퍼뜩 깨달은 듯이 스커트를 눌렀다.

스커트가 퍼지지 않도록 천천히 바지를 손에 쥐고, 쿠로노의 발밑에 무릎 꿇고 앉았다.

앞가슴으로 속옷이 보인다. 훌륭하다. 역시, 이곳은 천국이다.

※

식당에는 구수한 향기가 감돌고 있었다. 쿠로노는 의자에 앉아 아침이 준비되기를 기다렸다.

"더 빨리! 요령 좋게 볶으십시오!"

"네! 교관님!"

주방에서 레이라와 마이라의 목소리가 울렸다. 이러니저러니 해도 좋은 사제 사이 같다.

쿠로노는 레이라의 미니스커트 메이드복을 떠올렸다. 처음에
는 멋지다고 생각했지만, 최근에는 조금 생각이 바뀌었다.

"……생지옥 같은 느낌이 있단 말이지."

"무슨 말을 하는 거냐, 너는?"

쿠로노가 투덜거렸더니, 맞은편 자리에 앉아 있던 양아버지가
어이가 없다는 듯한 표정을 띠고 있었다.

"레이라의 미니스커트복 이야기야."

"덮쳐 버리면 되잖냐."

"아버지한테 동의를 구한 게 잘못이었어."

양아버지가 자못 당연하다는 듯이 말했기에, 쿠로노는 한숨을
내쉬었다. 상담 상대를 고르는 건 중요하다.

문득 양어머니—— 에르아를 떠올렸다. 양어머니와 함께 있을
수 있었던 건 1년 정도다.

하지만 그 1년 동안에 많은 것을 받았다고 생각한다. 그녀는 어
머니이자, 은인이다.

양어머니가 없었다면 비관하여 죽음을 선택했으리라.

"……설마 어머니를 덮친 적은 없겠지?"

"바보 자식, 내가 그런 짓을 할 리가 없잖냐."

양아버지는 발끈한 듯이 말했다. 제아무리 양아버지라도 그런
짓은——

"몇 번이고 덮쳐 줄까 하고 생각했지만 말이다."

"완전 엉망이구만."

"그런데 말이다, 처음 만났을 무렵의 그 녀석은 짜증 나는 여자였다고."

"그래?"

무심코 되물었다. 쿠로노가 아는 양어머니는 온화한 이미지였다. 짜증 나는 여자와는 거리가 먼 인물이다.

"그렇다니까. 내가 하는 방식에 트집을 잡아 대고, 궁지니 기사도니 하면서 시끄러워서 말이다. 그딴 걸로 이길 수 있다면 그렇게 하고 있었을 거라고."

"……그렇습니까."

쿠로노는 양아버지에게서 시선을 돌렸다. 첫 싸움에서 적의 척후병을 속여 궤멸시킨 것을 떠올렸기 때문이다.

"용케 덮치지 않았네."

"힘으로 범해도 굴복시킬 수 있을 것 같지가 않았으니 말이다."

"굴복이라니."

"짜증 나는 여자는 굴복시키는 게 내 스타일이라고. 언젠가 너도 알게 될 거다."

"알고 싶지 않은데."

"아니, 너도 알게 될 거다. 뭐라 해도 내 아들이니까 말이지."

양아버지가 팔짱을 끼고 씨익 웃은 그때, 레이라와 마이라가 식당에 들어왔다.

은색 쟁반 위에 요리가 얹혀 있었다.

"주인님, 식사가 준비되었습니다."

"고마워."

레이라가 쿠로노 앞에 요리를 내려놓았다. 빵과 달걀 수프, 소시지로 구성된 심플한 메뉴다.

"그러고 보니 엘레나와 페이는?"

"두 사람 다 자고 있습니다."

"뭐, 어쩔 수 없나."

엘레나는 아침에 약한 것 같고, 페이는—— 분명 지친 것이리라. 그때, 양아버지가 몸을 기울였다. 레이라의 스커트 속을 엿보려 하는 것이다. 그러자 마이라가 앞으로 나와 양아버지의 시선을 가로막았다. 역시나, 일 처리가 훌륭하다. 말없이 양아버지 앞에 요리를 늘어놓아 나간다.

"주인님, 식사가 준비되었습니다."

"그, 그래."

양아버지는 등을 쭉 폈다. 스푼을 손에 들고 옆으로 던졌다. 줍는 척하면서 레이라의 스커트 속을 엿보려는 속셈이다. 마이라의 손이 번뜩였다. 다음 순간, 스푼이 그녀의 손에 쥐어져 있었다.

"여기 있습니다."

"으, 응."

양아버지는 마이라가 공손하게 내민 스푼을 마지못한 느낌으로 받아들었다. 쿠로노는 빵을 두 쪽으로 갈랐다. 김이 솟아오르고, 맛있는 냄새가 퍼졌다. 한쪽을 입에 물었다. 빵은 부드러웠으며, 은은한 단맛이 있었다. 다음으로 달걀 수프를 입에 옮겼다. 산뜻

하지만, 풍미가 깊다. 소시지를 입에 넣었다. 껍질은 바삭했고, 육즙이 흘러넘쳤다. 간은 소금과 후추뿐이었지만, 덕분에 본연의 맛이 살아 있었다.

"마이라가 빵과 수프고, 레이라가 소시지이려나."

"네, 그 말씀대로입니다."

레이라는 부끄러운 듯이 고개를 숙였다.

"어떠셨나요?"

"응, 맛있었어."

"감사합니다."

레이라는 기쁜 듯 얼굴에 미소를 띠었다.

"그리고 보니 오늘은 어떻게 할 생각이냐?"

"오늘은 딱히……."

쿠로노는 말하던 도중에 입을 다물었다. 안 좋은 예감이 들었다. 잘 갈고 닦인 위기 감지 능력이 속삭이고 있다.

"오늘은 바빠."

"뭐야, 오랜만에 부자간의 대화를 나누고 싶었는데 말이다."

"나도 아쉬워."

쿠로노는 마음속으로 가슴을 쓸어내렸다. 부자간의 대화라는 건 목검을 사용한 자유대련이다.

양아버지는 진심으로 (본인은 부정하겠지만) 때리는지라 큰일이다.

여하튼, 이번에는 위험을 회피할 수 있었다. 쿠로노는 소시지를 베어 물며 미소 지었다.

※

쿠로노는 식사를 끝내자 크로포드 저택에서 나왔다. 사실은 느긋하게 지내고 싶었지만, 그랬다가 부자간의 대화를 하자고 양아버지가 말을 꺼내면 곤란해진다. 어떻게 시간을 보낼까 생각하며 제4가구를 걸었다. 원래 세계라면 쉽게 시간을 때울 수 있지만, 이 세계에서는 그것도 한 고생이다. 승마가 서툴기에 두 다리에 의존할 수밖에 없는 것도 뼈아프다.

"오! 쿠로노잖냐!"

"아닙니다!"

"무슨 말을 하는 거냐, 넌?"

부정하면서 뒤돌아보니, 군복 차림의 남자가 서 있었다. 눈매가 나쁘고 주먹코를 지닌 남자였다.

군사학교 동기—— 사이먼 아덴이었다.

"뭐야, 사이먼인가."

"그게 동기한테 할 반응이냐."

사이먼은 쿠로노한테 다가오더니 얼굴을 찌푸렸다. 오른쪽 눈이 신경 쓰인 것일까.

"니, 그 오른쪽 눈……."

"신성 아르고 왕국군과 싸웠을 때 조금."

"그러냐. 소문으로는 들었다만, 네가 그런 상처를 입었을 줄은 몰랐다."

"소문이라니, 어떤?"

자기도 모르게 물어봤다. 좋은 소문은 아니겠지만, 어떤 소문이 돌고 있는지 신경 쓰였다.

"네가 천 명의 병사를 이끌고 신성 아르고 왕국군 1만을 격퇴했다든가, 에라키스 후작이 도망쳤다든가, 내가 알고 있는 건 그 정도다."

"뭐야, 그 정도구나."

쿠로노는 가슴을 쓸어내렸다. 좀 더 지독한 소문이 돌고 있으려나 싶었는데.

"에라키스 후작을 독살했다든가, 밤마다 여자를 침대에 끌어들이고 있다든가 하는 소문도 있지만, 나는 믿지 않아. 너는 그런 녀석이 아니니까 말이지."

"아아, 그런 소문도 돌고 있구나."

쿠로노는 신음했다. 아마 밤마다 여자를 어쩌고 하는 건 티리아의 메이드가 퍼뜨린 것이리라.

"신경 쓰지 말라고. 어차피 상급 귀족들이 네 활약에 질투하고 있는 거다."

"그렇다면 좋겠는데 말이야."

"의외인데. 너는 소문 같은 건 신경 쓰지 않을 줄 알았다만……."

"내가 없는 데서 험담을 하는 건 상관없는데, 이런 소문이 돌고 있다는 말을 듣는 건 좀 그래."

"쓸데없는 말을 해 버린 건가?"

"아니, 알게 되어서 다행이야."

어떤 소문이 돌고 있는지 알면 대미지는 적다.

"쿠로노, 시간은 있냐?"

"마침 한가하던 참인데?"

"그러면 나랑 같이 좀 가자."

사이먼은 그렇게 말하고는 걷기 시작했다. 약간 뒤늦게 따라갔다. 군사학교를 졸업하고 나서 시간이 꽤 지났지만, 횡포하다고 할지, 자기 본위인 점은 그다지 변하지 않은 모양이다.

"어딜 가는 건데?"

"큰길가에 있는 식당이다. 그렇다고는 해도 밥은 맛있지 않고, 양도 적지만 말이지."

흐음~, 하고 쿠로노는 맞장구를 쳤다. 그건 식당이 아니라 가벼운 음식점이 아닐까 하고 생각했지만, 그걸 지적하는 건 눈치가 없는 짓이리라. 게다가 화나게 만들어도 곤란하다.

두리번두리번하며 시선을 이리저리 옮겼다. 제4가구는 유복한 계층이 살고 있기에 정연하다.

쓰레기 하나 떨어져 있지 않았다. 당연히 썩은 냄새도 나지 않았다.

"왜 그러지? 뭔가 신기한 거라도 있는 거냐?"

"나도 일단은 영주니까 말이지. 뭔가 참고가 될 만한 게 있으면 따라 하려고."

"그거 힘들겠군. 참고가 될 만한 건 있었냐?"

"곧바로 찾으면 고생 안 하지."

"그것도 그렇군."

사이먼은 맞장구를 치고는 멈춰 섰다.

"저기다."

사이먼이 손가락으로 가리킨 곳은 큰길 건너편에 있는 가게였다. 쿠로노와 사이먼은 큰길을 가로질러 가게 안으로 들어갔다. 제법 인기가 있는 가게인지 자리가 가득 차 있었다.

다른 가게로 가야 하나 고민하고 있었더니, 사이먼이 창가 테이블 자리를 가리켰다.

"저 자리로 하지."

"사람이 있는데?"

그가 손가락으로 가리킨 테이블 자리에는 남자가 앉아 있었다. 고개를 숙여 책을 읽고 있기에 얼굴은 보이지 않았다.

"문제없어."

"싸움으로 번지지 않는다면 좋겠는데."

쿠로노는 한숨을 내쉬며 사이먼의 뒤를 쫓았다.

"앉는다."

"여, 여기는 제가——!"

사이먼이 털썩 앉자, 책을 읽고 있던 남자는 고개를 들고 숨을 삼켰다.

깜짝 놀랐다는 점에서는 쿠로노도 마찬가지다. 책을 읽고 있던 남자는 아는 사람이었다.

군사학교 동기—— 휴고 에드워스였다.

"앉는다?"

"마음대로 하시죠."

"쿠로노가 앉을 수 없으니까 가장자리로 붙어라."

"예, 예, 알겠습니다요."

휴고는 내뱉듯이 말하고는 창가로 붙었다.

"미안."

"이미 익숙해졌습니다. 나 참, 군사학교를 졸업했는데도……."

투덜투덜 불만을 표하는 휴고를 곁눈질하며 자리에 앉았다.

곧바로 웨이트리스가 다가왔다. 아쉽게도 메이드복 차림이 아니었다.

"손님, 주문은 정해지셨나요?"

"추천하는 블렌드를 부탁하지. 쿠로노도 그걸로 괜찮겠지?"

"맡길게."

"주문받았습니다."

웨이트리스는 고개를 꾸벅 숙이고는 떠나갔다. 쿠로노는 문득 시선을 느끼고 옆을 봤다.

그러자 휴고가 이쪽을 힐끔힐끔 보고 있었다.

"쿠로노 군, 들었습니다. 큰일이었던 것 같군요."

"어찌어찌 살아남았어."

쿠로노는 한숨을 섞으며 대답했다.

"오래 기다리셨습니다."

웨이트리스는 쿠로노와 사이먼 앞에 컵을 내려놓았다. 김이 솟아오르고, 자극이 있는 향기가 감돌았다. 어떻게 만든 건지 알고 싶었지만, 물어보려고 해도 웨이트리스는 가버린 후였다.

쿠로노는 컵을 손에 쥐고 각오를 다진 뒤 향차를 마셨다. 향차가 식도를 지나 위에 도달했다. 그러자 몸이 확 뜨거워졌다. 그 신기한 감각에 눈이 휘둥그레 뜨였다.

"놀랐지? 독특한 향기는 있지만, 몸이 심지부터 따뜻해진다. 겨울철에는 고마운 녀석이야."

"호오, 여기 자주 와?"

"그래, 일이 끝난 후에 말이지."

사이먼은 부루퉁해진 듯한 어조로 말했다.

"그는 제도의 경비병 일을 하고 있습니다. 제12가구였던가요?"

"제5가구다."

사이먼은 휴고의 말을 정정했다.

"제5가구라서 잘됐잖아."

"제12가구 쪽이 더 좋았을 거다."

역시, 부루퉁해진 듯한 어조로 말했다. 제12가구는 술집이나 매춘 여관이 밀집한 환락가다.

큰길은 질서가 유지되고 있지만, 뒷골목은 장물 시장이나 약물을 파는 가게가 있다는 모양이다.

죽고 죽이는 싸움을 구경거리로 삼은 위법 도박도 있다고 하니 무시무시한 일이다.

"거긴 위험할 텐데?"

"그걸 바라는 거다. 배속되고 나서 내가 한 일이라고 하면 다툼 중재나 주정뱅이 돌봐주기, 자질구레한 범죄 수사 정도다. 이래 서는 실력이 녹슬고 말아."

사이먼은 주먹을 꽉 쥐었다. 그러고 보니 그는 근위기사가 되 고 싶어 했다.

제5가구의 경비병을 하고 있다는 건 입단 시험에 떨어진 것이 리라.

무리도 아니다. 근위기사단은 제국군 최고 엘리트다. 실력은 물론, 가문의 격도 있어야 한다.

"실력이 녹슨다는 말은 아직 포기하지 않았다는 거군요."

"당연하지. 나는 반드시 근위기사가 될 거다."

"뭐, 있는 힘껏 노력해 주시죠. 저는 재무국에서 열심히 일할 테니."

"휴고는 재무국에 들어갔구나. 대단한데."

쿠로노는 솔직한 감상을 입에 담았다. 제국에는 네 개의 행정 조직—— 군무를 관장하는 군무국, 법률을 기초(起草) · 발포(發布) 하는 상서국, 황족의 생활을 책임지고 관리하는 궁내국, 직할지 운영과 재정을 관장하는 재무국이 존재한다. 그중에서도 재무국 은 엘리트 중의 엘리트다.

"뭐, 뭐어, 제 두뇌가 있으면 재무국에 들어가는 것 정도는 간단하죠. 어제도 쓸모없는 아저씨를 호되게 질책해 줬습니다."

휴고는 안경을 쓱 밀어 올렸다. 만화에 나오는 박사 같다.

"정말로 대단해. 나는 모두의 도움을 받아서 겨우 영지를 운영하는 느낌인데."

"뭐, 뭐어, 저랑 쿠로노 군은 머리의 수준이 다르니까 말입니다."

으하하! 하고 휴고는 웃었다.

"야……."

"뭐, 뭡니까? 저는 거짓말을 하지 않았습니다."

사이먼이 말을 걸자, 휴고는 고개를 돌렸다. 수상한 낌새다.

"거짓말한 거야?"

"거짓말은 하지 않았습니다. 저는 재무국에서 일하고 있어요."

"이 녀석은 집배계(係)다."

"집배과(課)입니다!"

휴고는 짜증이 난 것처럼 말했다.

"집배과?"

"서류를 옮기는 훌륭한 일이라고요. 제가 없다면 업무가 돌아가지 않습니다."

"누구든지 할 수 있는 일이잖냐. 조금 전에 한 이야기도 네가 질책한 게 아니라, 질책을 들은 게 분명하지."

"저는 나쁘지 않습니다! 그 늙은이가 책임을 저한테 떠넘긴 거라고요! 잘도 내 엉덩이를 걷어찼겠다! 나는 불쾌해!"

키이이이익, 하고 휴고는 기성(奇聲)을 냈다.

"다들 훌륭히 일하고 있구나."

"동기 중에서는 네가 가장 출셋길을 달리고 있지만 말이다."

"동기 중에서는? 다른 동기들이 어디에 배속되었는지 알아?"

"당연하잖냐."

"나는 하나도 모르는데?"

"너는 졸업할 수 있을지 어떨지 위태로웠으니 말이다."

사이먼은 절절한 느낌이 스며 나오는 어조로 말했다. 말투로 보건대 악의는 없는 듯하지만.

"쿠로노 군은 기사 작위도 수여되지 않았으니 말이죠. 졸업 직전에 와이즈먼 교사보와 같이 이곳저곳에 머리를 숙이는 모습을 보고, 저렇게는 되고 싶지 않다고 생각했지 말입니다."

"시끄러워, 집배계. 네 녀석 집에 불 지를 거다."

"뭣! 쿠로노 군까지!"

휴고는 으그극, 하고 신음한 뒤 쿠로노에게서 고개를 돌렸다. 먼저 도발한 주제에 성가신 남자다.

그렇지만 졸업이 위태롭다는 말을 들은 것도, 배속처가 마지막까지 정해지지 않았던 것도 사실이다.

"그러고 보니 어째서 제도에 있는 거냐? 영지는 괜찮은 건가?"

"무도회 초대장이 왔어."

"무도회?"

사이먼이 의아하다는 듯이 미간을 찡그렸다.

"내일 알데미란 궁전에서 무도회가 개최된다는 것 같습니다."

"정말로 출세 가도를 달리는군."

휴고가 설명하자, 사이먼이 작게 한숨을 내쉬었다.

"쿠로노 군은 황녀 전하의 마음에 들었으니 말이죠."

"그런 표현은 그만둬."

의외라고 해야 할지, 사이먼이 휴고를 타일렀다.

"사실이라고요."

"아니. 그 군사 연습에서 쿠로노만이 마지막까지 포기하지 않았어. 그래서 황녀 전하의 눈에 든 거다. 그걸 마치 운이 좋았던 것처럼 표현하면 우리가 비참해질 뿐이다."

"그렇군요. 실언이었습니다. 죄송합니다, 쿠로노 군."

사이먼이 한숨을 내뱉듯이 말하자, 휴고는 솔직하게 자기 잘못을 인정했다.

군사학교 시절의 두 사람은 좀 더 꼬여 있는 느낌이었지만, 사회에 나오고 나서 바뀐 것이리라.

"이봐, 신성 아르고 왕국군과의 싸움에 관해 알려주지 않겠어?"

"그건 괜찮은데, 나는 별 대단한 일을 하지 않았어. 전부 부하들 덕분이야."

"아아, 그래도 상관없어. 너도 괜찮지?"

"저는 책을…… 그걸로 괜찮습니다."

사이먼이 노려보자 휴고는 고개를 끄덕였다. 무엇부터 이야기해야 할까, 하고 쿠로노는 팔짱을 꼈다.

※

"더 요령 좋게 바닥을 쓸도록 하십시오!"

"네, 교관님!!"

쿠로노가 현관문을 열자, 마이라와 레이라의 목소리가 울렸다. 두 사람은 계단 층계참에서 빗자루로 청소를 하고 있었다. 각도가 좋지 않은지, 레이라의 속옷이 보일듯하면서 보이지 않았다.

뭐, 그건 됐다고 치고.

"아버지, 뭐 하고 있어?"

"젠장! 보일 것 같으면서 안 보이는군!"

양아버지는 무릎을 꿇고 서서 계단을 올려다보고 있었다. 일단, 나쁜 짓을 하고 있다는 자각은 있는지 벽 그늘에 몸을 숨기고 있었다. 조금 한심한 모습이다.

"아버지!"

"우오오!"

쿠로노가 약간 큰 목소리로 말하자, 양아버지는 펄쩍 뛰어올라 엉덩방아를 찧었다.

"갑자기 말 걸지 말라고. 깜짝 놀라잖냐."

"그건 내가 할 대사야."

"네가 뭐에 깜짝 놀라는데?"

"집에 돌아오니 아버지가 내 애인의 스커트 속을 엿보려 하고 있었다고? 깜짝 놀랄 일이지."

쿠로노는 양아버지 옆에 한쪽 무릎을 꿇고, 계단을 올려다봤다. 탄탄한 엉덩이가 흔들리고 있었다.

그때마다 스커트가 나부껴 팬티가 보일 것만 같았지만, 보이지 않았다.

마치 마법이라도 걸린 것처럼, 아슬아슬하게 보이지 않았다.

"너도 같은 짓을 하고 있잖냐."

"나는 괜찮다고, 나는. 뭐라 하건 레이라는 내 애인이니까."

"그건 알지만 말이다. 행복을 나눠 줘도 괜찮잖냐."

"거절하겠어!"

양아버지는 삐친 듯한 어조로 말했지만, 쿠로노는 거부했다. 레이라의 엉덩이는 자신의 것이다.

결코 나눠줄 수는 없는 노릇이다.

"나는 이제 앞날이 얼마 남지 않았다고?"

"아버지라면 앞으로 30년은 더 살 거야. 100살까지 여유로울 거라고, 분명."

"쳇, 어쩔 수 없군."

양아버지는 투덜거리듯이 말하고는 벽에 등을 기대고 주저앉았다.

"설마 너랑 같이 스커트 속을 엿보려는 날이 오게 될 줄이야."

"미안한데, 그렇게 감개 깊다는 듯이 말할 장면이 아니야."

"설마 너와 같이 창관에 가는 날이──"

"최악이라고! 전혀 감개무량하지 않아! 아니 그보다, 같이 가자는 말 들은 적도 없거든!"

"네가 공부하고 있을 때, 놀러 가자고 말한 적 있잖냐."

"그게 그런 의미였어? 어째서 그럴 때만 말을 골라서 하는 건데?!"

"…………너, 굶주렸었구나."

양아버지는 불쌍하다는 듯한 눈으로 쿠로노를 봤다.

"그런 거에 흥미가 있을 나이였으니까. 아니 그보다, 아버지는 현역이네."

"너야말로 감개가 깊다는 듯한 어조로 말하지 마라."

양아버지는 부루퉁해진 것처럼 말하고는, 불현듯 겸연쩍게 웃었다.

"에르아가 죽은 뒤로 나는 그 녀석을 향한 절조를 지키고 있다고."

"최악이잖아!"

"뭐가 최악이라는 거냐? 좋은 이야기잖아?"

"어머니가 살아 계실 때부터 절조를 지키라고! 어머니, 무덤 속에서 울고 계실 거야!"

쿠로노가 소리치자, 양아버지는 두리번두리번하며 주위를 둘러봤다. 그리고 나서는 휴, 하고 안도의 한숨을 쉬었다.

양어머니의 기척이라도 느낀 것일까.

"뭐어, 그 뭐냐. 너를 주워서 다행이다."

"주웠다고 하면 그 말대로이긴 한데."

이세계에 전이한 날, 쿠로노—— 히사미츠는 자전거를 타고 사람의 모습을 찾아다녔다.

해가 떨어지고 마음이 불안해져 울음이 나올 것만 같았다. 그때, 양아버지와 만났다.

히사미츠는 곧장 유턴했다. 그런 상황에서 근골이 늠름하고 인상 나쁜 남자와 마주치면 누구라도 도망칠 거다.

하지만 양아버지는 쫓아왔다. 결국, 붙잡혀서 저택으로 끌려갔다.

"그대로 죽는 줄 알았어."

"기다리라고 말하는데 도망치니까 그렇지."

"말이 안 통했으니까 어쩔 수 없잖아."

이세계에 전이해도 말이 통하는 게 정해진 약속인데, 처음부터 언어를 배워야만 했다. 그런 상황이었기에 이름·성씨 순으로 성명을 대는 것도 알지 못하여 쿠로노라는 호칭이 정착되고 말았다.

"통역용 매직 아이템이 없었다고 생각하면 아찔해."

"그래, 마술은 위대하지."

양아버지는 절절한 어조로 말했다.

"그 녀석이 황후의 호위 기사였다는 이야기는 했나?"

"몇 번인가는."

"그 녀석이 내게 시집온 건 남쪽 변경 개척을 시작했을 무렵이라 말이다. 자세히는 들을 수 없었지만, 명령이었던 것 같더라고.

다른 녀석들도 비슷했어. 귀족의 딸을 줄 테니 비위를 맞추라는 의미였겠지."

옛 같은 이야기지, 라면서 양아버지는 내뱉듯이 말했다. 무리도 아니다. 내란을 끝냈을 뿐만 아니라 야만족을 제국의 남단──알레오스 산지로 몰아냈다. 그런데도 보수로 주어진 건 작위와 원생림뿐이었다. 게다가 자존심까지 짓밟혔다.

"그래도 뭐, 행복했다. 빼앗고, 빼앗길 뿐인 인생에 빛이 비쳐 들어온 듯한 느낌이 들었어. 아이는 생기지 않았지만, 나는 충분했다. 그렇게 생각했는데……."

양아버지는 거기서 말을 끊었다. 길고 긴 침묵 뒤에 입을 열었다.

"나는 에르아가 '당신의 아이를 낳지 못해서 미안해요'라고 말하게 만들어 버렸어. 죽기 직전에 말이다. 한심한 남자지. 네가 없었다면 나는 정말로 최악의 남자가 될 뻔했다."

"그때, 나는 거짓말을 했어."

"'어머니, 아들을 잊다니 너무하지 않아요?'라고 했었지."

"잘 기억하고 있네."

"너를 양자로 삼자고 생각한 한마디였으니까 말이다."

"그렇구나."

쿠로노는 조용히 눈을 감았다. 양어머니가 쓰러진 건 쿠로노가 이 세계에 와서 1년이 지났을 무렵이었다. 원인불명의 고열이 며칠이나 계속되어, 종내에는 의식이 혼탁해진 상태였다. 괴롭고 가혹한 개척의 나날이 양어머니의 몸을 좀먹고 있었다는 건 상상하기 어렵지 않다.

열에 달떠, 눈물을 흘리며 사과하는 모습을 보고 쿠로노는 순간적으로 거짓말을 했다. 의식이 혼탁한 것을 구실 삼아 아들이라고 거짓말을 한 것이다. 양어머니는 그 거짓말을 믿으며 죽었다. 남편과 아들이 지켜봐 주는 가운데 죽을 수 있다니, 이렇게 행복한 인생이어도 괜찮은 걸까. 그것이 마지막 말이었다.

지금 와서 생각해 보면, 쿠로노 히사미츠는 그때 쿠로노 크로포드가 된 것이리라.

"너는 나와 에르아를 구해 줬다."

양아버지는 숙연한 어조로 말하고는 일어났다. 자신의 방으로 돌아갈 생각일까.

그렇게 생각했지만, 양아버지는 쿠로노의 머리를 붙잡았다.

"좋아, 부자간의 인연을 돈독히 하자고."

"좀 봐줘."

"힘 조절은 해주마."

양아버지는 씨익 웃었다.

※

쿠로노는 목검을 질질 끌면서 밖으로 나갔다. 우울해서 어쩔 수가 없다.

"어때, 저건? 문외한이 보기에도 승산이 있는 것처럼 보이지는 않는데…….”

“승산은 신만이 알고 계신 겁니다. 얼마나 물고 늘어질 수 있을지가 포인트인 겁니다.”

“걸 녀석은 없나? 나는 클로드 경.”

“나도. 아니, 그보다 쿠로노 님한테 거는 녀석이 있겠슴까?”

“죄송한 말이지만, 쿠로노 님은 좀~.”

“상대가 안 좋지.”

엘레나와 페이, 사브와 부하들의 대화에 더욱 의욕이 깎여나갔다.

하다못해 레이라가 있다면 의욕을 낼 수 있겠는데, 유감이지만 메이드 수행중이다.

잠시 후 양아버지가 나왔다. 대검을 본뜬 목검을 짊어지고 있었다.

“목검을 찾는 데 고생했다고.”

“정말로 힘 조절하는 거겠지?”

“내가 거짓말을 한 적이 있었냐?”

“그 말을 믿었다가 내 팔뼈가 부러질 뻔한 적이…….”

“그랬던가?”

쿠로노가 오른팔을 문지르면서 말하자, 양아버지는 머리를 긁적였다. 진심으로 까먹고 있는 거 같아서 무섭다.

“내일은 무도회니까 정말로 살살 해달라고.”

“알았다, 알았어.”

"죽지 않을 정도가 아니라, 다치지 않을 정도로 살살 해야 하니까 말이야?"

"넌 얼마나 나를 믿고 있지 않은 거냐."

쿠로노가 거듭 확인하자, 양아버지는 넌덜머리가 난 듯이 말했다. 솔직히 이래도 불안했다.

5m 정도 거리를 두고, 목검을 들어 자세를 취했다. 양아버지는 목검을 짊어진 채였다.

빈틈투성이처럼 보이지만, 양아버지의 검술은 아류다. 상식이 통하지 않는다.

"야, 야, 언제까지 이렇게 서로 노려보고 있으면 되는 거냐?"

"후선수를 노리는 거야."

쿠로노는 목검을 쥔 채 대답했다. 후선수란 요컨대 카운터다. 상대가 공격을 펼치도록 만든 뒤, 먼저 공격을 가한다.

"어쩔 수 없군. 도발에…… 응해 줄까!"

양아버지가 파고들어 왔다. 한걸음에 거리가 사라지고, 위압감도 맞물려 양아버지가 거대해진 것처럼 보였다. 아마도 원래 세계 —— 현대 일본에서는 불곰과 대치하기라도 하지 않는 한, 이런 경험할 일은 없으리라. 그냥 불곰이어도 성가셨을 텐데, 양아버지는 역전의 용병이다. 무기뿐만이 아니라 지략도 경계해야만 한다.

불현듯 시야에 그늘이 져, 쿠로노는 옆으로 뛰었다. 시야가 그늘진 이유를 생각할 여유는 없었다. 이 자리에 머무르는 건 위험하다는 내면의 목소리에 따른 행동이었다. 직후, 바람이 지나쳐 가며 둔한 소리가 울렸다. 양아버지가 내리친 목검이 돌바닥을 가격하는 소리였다.

땀이 왈칵 쏟아져 나왔다. 옆으로 뛰지 않았다면 머리가 석류처럼 쪼개질 뻔했다. 정말로 그렇지는 않겠지만, 적어도 뼈는 부러졌으리라. 불평 한마디 내뱉고 싶은 참이지만, 그럴 틈은 없다. 공격이 닥쳐오고 있다. 땅바닥을 타고 뻗어 오는 듯한 공격이다.

양아버지는 다리후리기를 쓰려는 생각이었겠지만, 제대로 맞았다가는 뼈가 부러질지도 모른다. 점프해서 피할까. 아니, 현역 시절의 양아버지는 지금 쓰고 있는 목검과 같은 크기의 진검을 휘두르고 있었다. 그만한 체력을 가진 사람이라면 힘으로 목검의 궤도를 바꾸는 것 따위 식은 죽 먹기일 터다. 공격을 피하려는 생각으로 점프했다가 도망칠 곳을 잃을 가능성도 있다.

쿠로노는 목검 끝을 지면에 향하고 다리로 버텼다. 점프해도 안 된다면 받아낼 수밖에 없다. 그렇게 생각해서 한 행동이다. 이쪽 의도를 눈치챈 듯 양아버지는 눈을 살짝 크게 뜬 뒤, 씨익 웃었다. 육식동물을 연상케 하는 미소였다.

목검이 서로 부딪치고 충격이 전신을 꿰뚫었다. 자기도 모르게 다리를 봤다. 다리가 날아가 버린 건가 싶었다. 다리와 목검은 무사했지만, 쿠로노는 경악하여 눈을 크게 떴다. 발밑에 창공이 펼쳐져 있었다. 고개를 드니 위아래가 뒤바뀐 양아버지의 모습이 보였다. 그제야 겨우 자기가 양아버지의 공격을 받고 거꾸로 뒤

집혔다는 걸 알았다.

터무니없는── 인간의 영역을 벗어난 힘이었다. 부유감이 몸을 감싸, 순간적으로 한쪽 손을 지면에 댔다. 그대로 몸을 비틀어 양아버지와 정면으로 마주 보게끔 착지했다. 제아무리 양아버지라도 놀랐는지, 눈을 휘둥그레 뜨고 있었다.

기회다! 하고 쿠로노는 목검을 내찔렀지만 풀썩, 하며 무릎에서 힘이 빠졌다. 공격을 받았을 때의 대미지가 남아 있었다. 양아버지는 뒤로 뛰어 공격을 피했다. 과잉된 반응이었지만, 쿠로노의 움직임이 연기일 가능성을 고려해서 그런 것이리라.

쿠로노는 혀를 찼다. 양아버지가 방심하지 않았다는 점도 있었지만, 모처럼의 기회를 살리지 못했다. 더 나아가, 일격을 맞히고 승리를 주장한다는 계획이 허사로 돌아갔다.

"제법 결단력이 좋아졌잖냐."

"실전을 경험했으니까, 그야 결단력도 좋아질 수밖에."

쿠로노는 가벼운 조크로 맞받아쳤다.

양아버지는 미소를 띠고 있지만, 눈은 웃고 있지 않았다. 이쪽이 얼마나 대미지를 받았는지 확인하려는 것이다. 이만한 실력 차이가 있으니까 조금은 방심해도 괜찮을 텐데 말이지. 하지만 이건 기회다. 양아버지는 이쪽 상태를 확인하려 하고 있다. 잘만 하면 회복할 시간을 벌 수 있다. 그렇게 생각했는데, 양아버지는 목검을 짊어졌다.

"조금 더 즐길 수 있을 것 같구──만!!"

양아버지가 목검을 휘두르자 쿠로노는 옆으로 뛰어 피했다. 목검의 날 끝이 돌바닥을 쳤다. 다시 바닥을 타고 오는 듯한 공격이 닥쳐왔지만, 아슬아슬한 데까지 끌어당겨 뛰어넘었다. 그러자 양아버지가 즐거운 듯이 웃었다. 이 짧은 시간 만에 즐거운 놀이 상대로 승격하고 만 모양이다.

"역시, 죽은 척하고 있었군!"

"죽은 척한 거 아니거든!"

쿠로노는 양아버지한테 소리치며 대꾸했다. 다리에 대미지를 받은 건 진짜였고, 지금도 아팠다. 좀 더 시간을 벌 수 있다면 좋겠는데…….

아니, 지금은 그런 생각을 하고 있을 여유는 없다. 양아버지는 목검을 선회시켜 또다시 땅바닥을 타고 오는 듯한 공격을 펼쳤다. 세 번째── 뭔가 의도가 있는 것일까. 쿠로노는 양아버지의 눈을 쳐다봤다. 눈을 보면 의도를 읽을 수 있을지도 모른다.

그렇게 생각했는데, 아무것도 읽어낼 수 없었다. 당연했다. 쿠로노는 초능력자가 아니고, 무술 경험도 3년 정도밖에 없다. 그런 사람한테 의도를 간파당할 수준이라면 양아버지는 한참 전에 죽었을 것이다. 애초에 눈을 본 것만으로도 상대의 의도를 읽을 수 있다면 거짓말 탐지기는 필요 없다.

어떻게 하지? 하고 쿠로노가 자문했을 때, 목검의 궤도가 변화했다. 갑자기 칼끝이 팍 올라간 것이다. 여기에 이르러서야 양아버지가 세 번이나 같은 공격을 펼친 이유를 이해했다. 쿠로노의 의식을 발밑으로 향하게 만들기 위해서였다.

쿠로노는 무릎을 굽혀 목검을 피했다. 바람이 머리 위를 지나쳐 갔다. 타는 듯한 냄새가 나는 건 기분 탓이 아니리라. 숨을 내쉬니 피로가 확 몰려왔다. 시작한 지 3분도 채 지나지 않을 터다. 그런데도 이 꼴이다.

양아버지는 목검을 짊어졌다. 호흡을 가다듬을 시간을 주는 것일까. 아니, 그럴 일은 없다. 양아버지가 그런 마음 씀씀이가 가능했더라면 쿠로노는 부자간의 대화로부터 도망치거나 하지 않았으리라. 항복을 권할 인물이 아니기에 이건 도발이다. 양아버지는 쿠로노의 상상이 옳았음을 증명하는 것처럼 도발적인 미소를 띠고는 입을 열었다.

"왜 그러냐? 도망——"

"어째서 피하기만 하는 거야?"

"그건 체격 차이가 너무 나기 때문입니다. 클로드 경의 공격을 받아냈다가는 그대로 찌부러질 테니 도망칠 수밖에 없는 겁니다."

양아버지의 말을 엘레나와 페이의 대화가 가로막았다. 도발해서 유인하려 했는데 그 기회를 빼앗겼다.

"즉, 그런 겁니다."

"알고서 도발한 거다! 알고서!"

쿠로노가 정중한 말투로 말하자, 양아버지는 시뻘게진 얼굴로 받아쳤다. 어지간히 창피했는지, 크게 발을 내디뎌 목검을 내리쳤다. 옆으로 피해야 하겠지만, 일부러 앞—— 정확히는 대각선

앞쪽으로 내디뎠다.

목검이 몸을 스치고 오한이 등줄기를 타고 올라왔다. 시야 구석에 양아버지의 모습이 비쳤다. 목검을 내리친 자세로 움직임이 멈추었다. 이대로 몸을 돌려 목검을 맞히면 승리를 주장할 수 있다──고 생각한 순간, 충격이 몸을 꿰뚫었다. 양아버지가 몸통 박치기를 날린 것이다.

하지만 직격한 건 아니었다. 몸통 박치기를 당하기 직전에 지면을 박차 직격을 피했다. 쿠로노는 뒤돌아보면서 곧바로 목검을 휘둘렀다. 칼끝이 옷을 스쳤고, 양아버지는 기쁜 듯이 웃었다.

"제법이──"

"네! 이겼습니다! 이겼습니다! 제 승리입니다!"

쿠로노는 양아버지의 말을 가로막고 외쳤다.

"무슨 말을 하는 거냐! 싸움은 이제부터잖냐!"

"싸우는 거 아니거든요! 예, 예! 끝, 끝! 제 승리입니다!"

쿠로노는 손을 짝짝 맞부딪치며 소리쳤다. 양아버지는 이 자식, 하고 중얼거리고는 시선을 이리저리 돌렸다. 판정을 요구하고 있는 것이리라. 유감이지만 그들은 쿠로노의 부하다. 쿠로노한테 불리한 판정을 내릴 리가 없었다.

"쳇, 어쩔 수 없군."

양아버지는 혀를 찬 뒤 목검을 짚어졌다. 마지못해서이긴 하지만, 패배를 인정한 모양이다.

쿠로노가 가슴을 쓸어내린 그때.

"다음은 제 상대를 부탁드리는 겁니다!"

페이가 자청하며 나섰다. 어디서 가지고 왔는지 목검을 꽉 쥐고 있었다. 페이가 사용감을 확인하는 것처럼 한번 휙 휘두르자, 양아버지의 시선이 날카로워졌다.

"어이어이, 상당한 실력자잖냐."

"기뻐 보이네."

"불완전연소였으니까 말이다."

양아버지는 기쁜 듯이 웃었다. 비아냥이 아니라, 강자와 싸울 수 있는 게 순수하게 기쁜 것이리라.

"뭐, 힘내라고."

"목검은 두고 가라."

쿠로노는 지면에 목검을 내려놓고 엘레나가 있는 곳으로 향했다.

"수고했어."

"정말로 지쳤어."

쿠로노는 엘레나 옆에 주저앉았다. 몇 분밖에 싸우지 않았는데도 기진맥진이었다. 체력은 물론이고 기력도 모조리 빨린 느낌이었다.

"페이랑 쿠로노 님의 아버님 중 어느 쪽이 강해?"

"아버지이려나? 좋은 승부가 됐으면 좋겠다고 생각하지만 말이지."

"페이가 이길 가능성은 없어?"

"없어. 적어도 첫 번째 승부는 아버지가 이길 거야."

어느 쪽도 쿠로노 정도로는 실력을 가늠할 수 없을 정도로 강하지만, 그렇다고 하더라도 첫 승부는 양아버지가 이길 거라는 확신이 있었다. 아니, 페이가 질 거라는 확신일까.

쿠로노는 양아버지와 페이에게 시선을 향했다. 두 사람은 5m 정도 거리를 두고 대치했다. 페이는 목검을 중단 자세로 들었고, 양아버지는 목검을 어깨에 짊어졌다. 이 시점에서는 페이가 유리하게 보였다. 목검을 짊어지면 쓸 수 있는 첫수가 제한되기 때문이다. 페이 같은 강자를 상대로는 너무 큰 핸디캡이었다.

"가겠습――"

"으랴아아아아아!"

페이가 말을 끝내기보다도 빠르게 양아버지가 공격을 펼쳤다. 짊어지고 있던 목검을 내던진 것이다. 페이는 무릎을 굽혀 목검을 피했다. 공격을 읽고 있었던 것일까, 아니면 순간적인 판단일까. 어느 쪽이건 뛰어난 대응력이다. 하지만――

"키이에에에에엣!"

"――!!"

양아버지가 소리를 지르며 목검을 내리쳤다. 페이는 한순간 몸을 움츠렸다가 목검으로 공격을 막아냈다. 대체 무엇에 놀란 것일까. 기성일까, 아니면 양아버지가 쿠로노의 목검을 쓰고 있다는 사실일까. 아니, 조금 전의 싸움을 기준으로 상대의 실력을 가늠했을 가능성도 있으려나.

"키엣! 키엣! 키에에에에엣!"

쿠로노가 의아하게 생각하는 와중에도 양아버지는 공격을 이어갔다. 기성을 내지르며, 있는 힘껏 목검을 내리쳤다.

"자, 잠깐! 잠깐 기다려 주는 것입니다!"

"키엣! 키엣! 키에에에에엣!"

방어 일변도가 된 페이가 항의의 목소리를 냈지만, 양아버지는 연거푸 있는 힘껏 목검을 내리쳤다. 처음부터 다시 시작할 생각은 없는 모양이었다. 뭐, 당연한 일이었다. 자신도 우위를 점한 상황에서 굳이 재시작하지는 않을 거다.

"기, 기다려 주었으면 하는 겁니다!"

"키이이이익!"

그러나 폭풍 같은 맹공은 멈추지 않았다. 그제야 다시 시작할 의사가 없다는 걸 깨달았는지, 페이는 공격의 틈을 찌르고 화려한 발놀림으로 양아버지의 겨드랑이 밑으로 빠져나갔다. 그리고 거리를 크게 벌리고——

"비겁한 것입니다!"

양아버지를 가리키며 말했다. 방어 일변도에 내몰렸던 것이 충격이었는지 눈물이 그렁그렁했다.

"아앙? 자기가 선언하고 공격하는 건 OK이고, 내가 공격하는 건 비겁한 짓이냐?"

"으, 으윽, 그, 그건……."

페이는 말이 막혔다.

"어, 어쨌든, 비겁합니다! 비겁한 겁니다! 클로드 경이 그럴 생각이라면 저도 신위술을 쓰고 말 겁니다!!"

"꼬맹이냐, 너는."

페이가 발을 동동 구르자, 양아버지는 어이가 없다는 듯이 말했다. 그 직후, 미소를 띠었다.

저건 뭔가를 꾸미고 있는 얼굴이다. 놀려 주려는 것일지도 모른다.

"뭐, 신위술을 쓸 수 있다면 써도 좋다."

"정말입니까?"

"거짓말해서 뭐 하게?"

양아버지는 목검을 지팡이처럼 짚었다. 으음, 하고 페이는 양아버지를 노려봤다.

의도를 탐색하려는 것이리라. 그다지 진지하게 생각하지 않는 편이 좋다고 본다만.

"신이시여, 힘을 빌려주셨으면 합니다! 신위술·활성, 신의(神衣)!"

거무스름한 어둠이 페이의 몸에서 솟아올랐다. 칠흑이자 혼돈을 관장하는 여신의 신위술이다. 활성은 신체 능력을, 신의는 방어력을 높인다.

"죽으십…… 가겠습니다!"

직후, 페이의 모습이 묽은 먹 같은 궤적만 남기고 사라졌다. 곧이어 메마른 소리가 울렸다. 양아버지가 목검을 짚어지고 페이의 공격을 막아내는 소리였다. 순식간에 등 뒤로 돌아간 페이도 대단하지만, 그걸 막아낸 양아버지도 대단했다. 양아버지가 목검을 휘두르자 페이는 튕겨 나간 것처럼 뒤로 펄쩍 뛰었다.

"연약한 노인을 뒤에서 때리려 하다니, 경로 정신이 없군."

"연약한 노인은 괴성을 지르면서 공격해 오지 않는 것입니다!"

양아버지가 정색하고 말하자, 페이가 발끈해서 받아쳤다.

"틀린 말은 아니군. 그러면 다음은 정면에서 전력으로 와라."

"죽을지도 모릅니다."

"너 같은 녀석한테 죽을 정도였으면 한참 전에 뒈졌을 거다. 됐으니까, 덤비라고. 난 네가 전력을 내도 이길 수 없는 남자니까."

"알겠습니다!"

양아버지가 목검을 짊어지고 손짓하자, 페이는 목소리를 높였다. 명백한 도발이었지만, 이런 상황에서 도발을 받아주는 것이 페이다.

"신이시여, 제 칼날을 축복해주셨으면 합니다! 신위술 · 축성인! 신이시여, 조금만 더 힘을 빌려주셨으면 합니다! 신위술 · 활성, 신의!"

점성이 높은 마그마 같은 어둠이 목검을 뒤덮었고, 묽은 먹처럼 페이의 몸에서 솟아오르던 어둠의 농도 또한 눈에 띄게 양이 늘어났다. 진심으로 양아버지를 죽일 작정이 아닐까 하는 불안이 들었다.

"가겠습니다!"

"······어잇차."

페이의 모습이 사라진 순간, 양아버지는 절묘한 타이밍에 그 자리에 털썩 앉았다.

곧이어 텅, 하는 충돌음이 울려 퍼졌다.

"온 정신을 다한 저의 전력, 깨지고 말았습니다!"

페이가 허공을 날았다. 양아버지한테 발이 걸린 것이다. 사람이 허공을 나는 광경을 목격해도 딱히 놀랍지 않았다. 오히려 모습이 보이지 않는 속도로 움직이다 넘겨졌으니 허공을 나는 게 당연하다는 생각이 들었다.

"으랴아!"

"이런 것쯤!"

양아버지가 앉은 채로 목검을 던졌지만, 페이는 허공을 날아가면서도 그걸 튕겨냈다.

그렇게 어찌어찌 착지하는가 싶었으나.

"으랴아아아아!"

양아버지의 발차기가 작렬했고, 페이는 그대로 날아가 담장에 부딪쳤다. 신위술의 효과가 있기에 대미지는 적어 보였다.

"좋아, 나는 그만 들어가 보마."

"기다려 주셨으면 합니다! 납득할 수 없는 것입니다!"

양아버지가 집으로 들어가려 하자, 페이가 양아버지의 다리에 매달렸다.

"한 번 더! 한 번 더 싸워 주셨으면 하는 겁니다!"

"바보 녀석이! 한 번 더 싸우면 내가 질지도 모르잖냐!"

"그러면 조언! 조언을 듣고 싶습니다아아아!"

"알았으니까 손을 놔."

양아버지가 진절머리가 났다는 듯이 말하자, 페이는 순순히 손을 놓고 그 자리에 정좌했다.

"재능에 지나치게 의지하고 있다, 이상."

"좀 더 구체적으로 알려주셨으면 하는 겁니다."

양아버지가 집으로 돌아가려 하자, 페이가 재차 다리에 매달렸다.

"너는 바보에 경험이 부족해!"

"모르겠습니다! 좀 더 구체적으로! 구체적으로 가르쳐주셨으면 하는 겁니다!"

"진짜로 어쩔 수가 없구만."

양아버지는 깊게 한숨을 내쉬었다. 이런 모습을 보는 건 처음이었다.

"너는 강하다. 내가 보기엔 미숙하기 짝이 없지만, 또래 중에는 최고라 부를 만해. 너라도 여기까지는 알겠지?"

페이는 양아버지의 다리에 매달린 채 고개를 끄덕끄덕했다.

"너는 재능 탓에 고전한 경험이 없어. 그래서 머리를 써야 하는 상황에서도 지혜를 짜기는커녕, 조금 전처럼 바보 같은 도발에 넘어가 자멸하는 거다. 이 정도면 적이 조금만 책략을 써도 쉽사리 당할 것 같군."

으극! 하고 페이는 신음했다. 도적 건을 떠올린 것이리라.

"그것뿐만이 아니다. 자기 마음대로 되지 않으면 금방 페이스가 무너지고 말아. 각오가 부족하다는 증거다. 상재전장(常在戰場)까진 바라지도 않으니, 싸울 때만이라도 마음을 굳게 다잡아라."

"머리를 쓰는 건 서투릅니다."

"바보라면 바보 나름대로 머리를 쓰라는 말이야. 그렇게 하면 진짜 바보가 되지 않고 그칠 수 있지."

"지도, 감사드립니다."

페이가 양아버지에게서 떨어져 머리를 숙였다. 그러자 양아버지는 페이를 딱 때렸다.

"어째서 때리는 것입니까?"

"마음이 내키면 조금 더 지도해 주마."

"감사합니다!"

클로드가 목검을 짊어지고 말하자, 페이가 기쁜 듯이 대답했다.

"이걸로 나는 안전하군."

"쿠로노 님답네."

엘레나는 기가 막힌다는 듯이 말했다.

※

밤―― 레이라는 기분 좋은 피로감에 감싸인 채 자기 방으로 향했다. 마이라의 지도는 엄격하지만, 오늘 하루 만에 여러 가지를 배울 수 있었다. 최대의 수확은 병사가 아닌 다른 인생도 있다는 걸 알았다는 점이다. 메이드가 되어 쿠로노를 받쳐 주는 길도 있다.

메이드로서 쿠로노에게 봉사하는 자신의 모습을 상상하자 입가가 풀어지며 절로 미소가 지어졌다. 작게 고개를 흔들었다. 안된다. 자신은 메이드다. 항상 시선을 의식해야만 한다. 자신의 태도가 주인님—— 쿠로노의 평가에 영향을 준다. 레이라가 방으로 들어가니——

"안녕, 레이라."

"주인님!"

레이라는 펄쩍 뛰었다. 쿠로노가 침대에 앉아 있었기 때문이다.

"어째서 이곳에?"

"레이라를 만나러 왔어."

쿠로노는 일어나더니 가까이 다가왔다. 벽에 살며시 손을 짚고 입을 레이라의 귓가에 가까이 댔다.

여느 때 이상으로 적극적이었다. 이것도 메이드복의 힘일까.

"괜찮지?"

"안 됩니다, 주인님! 저는 아직 수행 중인 몸이에요!!"

"주인이 원하면 응하는 것도 메이드의 일이잖아? 게다가 그런 모습을 보면 더는 참을 수 없다고. 책임져."

"요, 용서해 주세요, 주인님."

레이라는 고개를 돌렸다. 하지만 쿠로노의 말에도 일리가 있었다.

"괜찮지?"

"네, 네에……."

고개를 끄덕인 그때, 시선을 느꼈다. 뒤돌아보니 마이라——교관님이 이쪽을 보고 있었다.

문 틈새로 이쪽을 보는 모습은 마치 악마 같았다. 약간 뒤늦게 쿠로노도 문 쪽을 봤다.

"으엇! 마이라!"

"도련님, 약속을 깨셨군요."

"그런 약속은 하지 않——!!"

쿠로노가 그 자리에 풀썩 주저앉았다. 어느샌가 등 뒤로 이동한 교관님이 목을 조른 것이다.

정말로 어느새 등 뒤로 이동한 것일까. 속도뿐만이 아니다. 허를 찔렸다.

그렇게 생각할 수밖에 없는 현상이었다.

"나 참, 약속을 깨시다니 벌을 드려야겠군요."

교관님은 쿠로노의 옷깃을 붙잡고 걷기 시작했다.

"도련님, 차분히 귀여워해 드리겠습니다. 울거나, 웃거나, 메이드한테 장난을 할 수 없도록 만들어 드리지요."

쿠후, 쿠후후, 하고 교관님은 음울하게 웃었다. 레이라는 끌려가는 쿠로노를 지켜볼 수밖에 없었다. 이렇게 이틀째 밤은 깊어갔다.

쿠로노 전기

이세계 전이한 내가 **최강**인 건
침대 위에서만인 것 같습니다

옛날에 읽었던 책에 비슷한 동물이 있었지. 뭐라고 하는 이름이었더라? 하고 파나는 술 냄새 나는 입김을 맞으며 자신에게 올라타 허리를 흔드는 남자──라마르 5세를 올려다봤다.

라마르 5세는 살이 뒤룩뒤룩 쪄 있었다. 배는 파열할 것처럼 부풀어 오르고, 드문드문한 머리카락은 피지 범벅이 되어 젖은 듯한 광택을 내뿜고 있었다. 포식(飽食)과 알코올에 탐닉한 반생을 보낸 결과다.

아무리 섭생을 유념한다고 하더라도 쉰 살 정도 되면 쇠약을 피할 수 없다. 예를 들어 제2 근위기사단 단장── 타우르 엘나스 백작은 미노타우로스나 리자드맨에 뒤처지지 않는 체구를 가진 사람이지만, 최근 쇠약을 자각하고 후진 육성에 힘을 쏟고 있다고 들었다. 단련을 게을리하지 않는 기사조차 그럴 정도니까 라마르 5세가 살이 찐 건 당연한 결과였다.

이렇듯, 라마르 5세는 자기 관리조차 엉망인 남자이나, 세간에서는 명군이라 칭송받고 있다. 그가 군주로서 평가받게 된 건 지금으로부터 30년 전── 제국력 400년의 일이다.

당시 제국은 혼란의 소용돌이 속에 있었다. 선대 황제의 붕어에서 발단된 황위 계승 싸움은 제국을 이분하는 내란으로 발전하였고, 이 혼란을 틈타 북방에서 야만족이 침입했다. 게다가 제국 북동부의 도시가 교역으로 얻은 막대한 자금으로 군사력을 강화하여 잇따라 독립을 선언, 군사·경제 동맹을 맺고 자유도시 국가군이라 불리는 세력을 형성했다.

자유도시 국가군의 탄생으로 인해 영토 3분의 1과 교역로를 잃고, 남은 영토마저도 야만족한테 잠식당하게 될 위기 상황임에도 불구하고 양 진영의 귀족은 유효한 수단을 쓰기는커녕 내란을 수습하지조차 못했다.

18살의 라마르 5세는 신분을 불문하고 유능한 인재를 등용함으로써 이 난국을 타개했다. 옛 신하들의 반대를 무릅쓰고 자신의 직속으로 들인 용병단은 눈부신 활약을 보여줬다. 교착된 전황을 타파하고 라마르 5세가 이끄는 국군을 승리로 이끈 것이다.

황제가 된 라마르 5세는 친동생 알포트를 비롯한 반란 주모자를 처형한 뒤 야만족 토벌에 나섰다. 격렬한 전투 끝에 야만족을 알레오스 산지로 축출하고, 용병단 단장을 남쪽 변경의 지역 영주로 앉힘으로써 재침입을 막았다.

이렇게 제국은 위기를 벗어났지만, 군이나 행정기관의 재구축, 피폐해진 국토의 부흥 등 해야 할 일이 산더미처럼 쌓여 있었다. 라마르 5세는 관료에게 이 문제 해결을 맡겼다. 그 관료가 바로 현재 케페우스 제국 재상 알코르다.

알코르는 다양한 문제를 해결하는 데 착수했는데, 최대의 공적은 명확한 구분이 없던 행정 기구를 정비하여 각국(局)의 권한이

나 책임 소재를 명확하게 만든 것이다. 권력의 사적 운용을 대폭 제한하고, 문제가 발생했을 때 재빠르게 대응할 수 있도록 만들었다.

이러한 경위로, 라마르 5세는 타인의 재능을 꿰뚫어 보는 눈과 자신이 찾아낸 사람에게 큰 권한과 재량을 주는 넓은 도량을 지닌 명군이라 평가받았다.

하지만 파나의 평가는 달랐다. 라마르 5세는 그저 쓰레기다. 알코올에 빠져 지극히 야만적인 방법으로 약혼자가 있는 궁녀에게 손을 대는 최악의 인간. 그것이 파나가 아는 라마르 5세다.

15년 전—— 궁녀로서 궁정에 올라온 지 얼마 되지 않았을 무렵, 파나는 라마르 5세와 동침하게 되었다. 그걸 바랐던 건 아니다. 남매나 다름없이 자란 약혼자가 있었고, 그를 진심으로 사랑했다. 임신했다는 걸 알았을 때는 목숨을 끊으려고도 생각했을 정도였다. 알코르 재상의 설득으로 결국 단념했지만.

그 뒤, 파나는 알코르 재상의 진력으로 공첩(公妾)이 되어 라마르 5세의 아이(작은 악의를 담아 알포트라 이름 붙였다)를 낳았다. 육아에 전념할까도 생각했지만, 궁녀로서 계속 일하기를 선택했고, 동료의 상담에 응하거나 신인을 돌봐주는 사이에 궁녀장이 되어 많은 부하를 거느리게 되었다.

자신의 힘만으로 출세한 건 아니지만, 그만한 일을 완수해 왔다고 생각한다. 그건 그렇다 치고, 그 동물의 이름이 뭐였더라. 분명……

"오오! 파나! 파나!!"

"아아! 폐하! 폐하!!"

기억났다. 아마 해마라는 이름이었지, 하고 파나는 생각하며 헐떡였고, 라마르 5세의 허리에 다리를 감았다.

"오오! 오오옷!!"

"아앗!"

라마르 5세는 짐승 같은 소리를 내지르며 끝에 다다랐다. 그는 힘을 잃은 물건을 빼내고, 침대 옆에 놓여 있던 병에 손을 뻗어, 최고급 와인을 물처럼 마셨다.

파나는 그런 그의 등을 바라보며 작게 한숨을 내쉬었다. 슬슬 끝냈으면 하는 게 본심이었다. 이 뒤에 무도회 준비도 있고, 이 연기를 계속하는 것도 의외로 힘겹다. 셀 수 없을 만큼 몸을 겹치고 있는데도, 어째서 연기라는 걸 알아차리지 못하는지 신기할 지경이었다.

라마르 5세는 와인으로 젖은 입가를 난폭하게 닦고, 파나 쪽을 돌아보고 앉았다. 색을 밝히는 듯한 미소를 띠고 슬금슬금 다가왔다. 파나는 속으로 진절머리를 내며 미소를 띠었다. 요염한 미소를 지을 생각이었지만, 딱히 자신은 없었다.

그때, 작은 소리가 울렸다. 그냥 잔이 떨어져 깨진 것뿐이었으나──

"히익, 히이아아아아아!"

라마르 5세는 비명을 지르며 바닥으로 내려가 침대 밑으로 숨어들려고 했다. 침대와 바닥 사이에는 일단 틈새가 있긴 하지만, 숨어들 수 있는 건 벌레 정도일 것이다. 갑자기 뒤돌아서는 굳어진 얼굴로 말했다.

"요, 용서해다오! 용서해 줘, 알포트! 짐은 너를 죽이고 싶지 않았다!"

라마르 5세는 허공을 보며 소리쳤다. 파나의 눈에는 아무것도 보이지 않았지만, 알코올의 작용인지, 그도 아니면 마음이 병들어 있는 것인지, 그의 눈에는 처형한 동생—— 알포트의 모습이 보이는 모양이었다. 이걸로 일은 끝났지만, 진절머리는 사라지지 않았다. 이게 제국의 황제라고 생각하니 기분이 음울해졌다.

파나는 침대 가장자리에 앉아 라마르 5세를 내려다봤다.

"폐하, 정신을 차리세요."

"오오! 파나!"

라마르 5세는 구원을 갈구하는 것처럼 파나의 다리에 매달렸다. 걷어차고 싶었지만, 일단은 황제. 최소한의 예의는 갖추어야 하리라.

"짐은…… 어떻게 하면 구원받을 수 있지? 아무리 술을 마셔도, 여자를 안아도, 알포트의 그림자가 사라지지 않는다! 나라를 돌려달라고, 짐을 비난하며 괴롭힌다!"

"글쎄요."

정말로 손쓸 도리가 없는 사람이네, 하고 파나는 입술에 손을 댔다.

"그러면 알포트 님에게 나라를 물려준다고 편지를 쓰시는 건 어떠신지?"

"그, 그걸로 짐은 구원받는 건가?"

"네, 물론이죠."

그럴 리 없잖아, 하고 파나는 마음속으로 딴지를 걸며 미소 지었다.

그러자 라마르 5세는 눈을 번쩍 뜨고는── 전라로 침실에서 뛰쳐나갔다.

파나는 흐트러진 시트를 정리하고 베개에 얼굴을 묻었다.

"저 상태라면 일찍 죽을 것 같네. 가능하면 우리 애한테 영지를 내려줬으면 하는데."

파나는 자신의 아이── 알포트를 황제로 만들고 싶다고 생각한 적이 없다. 부모로서 아이를 사랑하지만, 황제가 되는 게 행복이라고 생각하지는 않았다. 게다가──

"우리 애는 황제의 그릇이 아닌걸."

파나는 한숨을 내쉬고는 살며시 눈을 감았다.

마차 문을 여니 바람이 불어 들어왔다. 냉기를 머금은 바람에 겨울이 도래하였음을 실감했다.

"쿠로노 님, 도착한 것입니다."

"고마워, 페이."

쿠로노는 페이에게 고맙다는 말을 한 뒤 밖으로 나와 눈앞에 있는 건물── 알데미란 궁전을 바라봤다. 알데미란 궁전은 제도 교외에 있는 궁전이다. 기초는 선대 황제가 세웠던 벽돌조 성관으로, 현재는 구성관이라 불리고 있다. 그리고 그 건물의 좌우── 동서에 있는 것이 신성관이다. 이 신성관이 알데미란 궁전의 외관을 특징적으로 만들었는데, 이 궁전은 마치 거울에 비친 것처럼 온갖 것이 좌우대칭으로 똑같이 되어 있다.

뭔가의 집착이 들어간 것 같지만, 이렇게 만든 건 달리 이유가 있다. 바로 신구 귀족이 궁 안에서 얼굴을 마주치지 않도록 하기 위해서다. 구귀족은 동관, 신귀족은 서관에 모이도록 정해져 있다.

양아버지와 동료들이 원인이라고 들으면 어쩐지 미안한 기분이 드는데…….

"달이 아름답네."

"쿠로노 님이 거기 계시면 다른 사람들이 나올 수 없는 것입니다."

달을 올려다보며 중얼거리자, 페이가 딴지를 걸었다. 지극히 타당한 딴지이기에 자리를 비켰다. 그러자 양아버지와 마이라가 내렸다.

양아버지는 군복과 비슷한 의상에 마이라는 검은 드레스——어깨끈이 있는 뷔스티에에 하늘하늘한 스커트를 합친 듯한 의상을 입고 있었다. 이브닝드레스와 비슷할까.

다음으로 엘레나가 내렸다. 원피스형 드레스를 입고 있었다. 드레스 여기저기에 프릴이 달려 있고, 스커트가 넓게 퍼져 있었다. 팔꿈치까지 오는 장갑 때문인지 그림책에 나오는 공주님처럼 보였다.

"이제야 원래의 나로 돌아온 기분이야. 어때? 어울려?"

"잘 어울려."

"그래, 고마워."

엘레나는 쌀쌀맞게 말했다. 마지막으로 마차에서 내린 건 레이라였다.

드레스 디자인은 마이라와 비슷했지만, 색이 하얗고 어깨끈이 없었다.

레이라는 뭉그적뭉그적하고 있다. 가슴을 가리려 하는 건 부끄럽기 때문이리라.

"주, 주인님, 어떨까요?"

"무척 아름다워."

갈색 피부에 하얀 드레스가 잘 어울렸다.

"저희는 마구간으로 가겠——"

"그건 저랑 애들이 해둘 테니, 누님은 먼저 가주십쇼."

"하지만, 상사로서……."

으음, 하고 페이는 복잡한 듯이 미간을 찡그렸다. 이쪽에 힐끔 시선을 향한다.

쿠로노가 고개를 끄덕이자, 페이는 환히 웃었다.

"그럼, 부탁하는 것입니다."

"예이, 부탁받았습다. 녀석들아, 얼른 말을 마구간에 데리고 가자."

"""예입!"""

사브와 부하들은 마구간으로 향했다.

"춥다, 추워. 얼른 안에 들어가자고."

양아버지가 걷기 시작하고, 마이라가 그 뒤를 따랐다.

"우리도 갈까?"

"잠깐!"

걸음을 내딛으려는 찰나에 엘레나가 불러 세웠다.

"뭔데?"

"하아, 뭘 모르네. 이럴 때는 남성이 에스코트하는 법이잖아?"

"그렇구나. 그럼, 가시죠."

쿠로노가 팔을 내밀자 엘레나는 아무렇게나 자신의 팔을 감았다.

"저도 괜찮을까요?"

"물론이야."

"감사합니다."

레이라는 감사를 표한 뒤 쿠로노의 팔에 자신의 팔을 감았다.

"나 때랑은 대응이 다르지 않아?"

"같다고, 같아."

"뭐, 상관없지만."

엘레나는 불만스러워 보였지만, 쿠로노가 걸음을 내딛자 묵묵히 따라왔다. 잠시 후 구성관 현관이 보이기 시작했다. 남자 두 명이 서 있다. 하얀 제복을 입고 있으니, 근위기사단 단원일 것이다. 두 사람 다 튼실한 체격이었다. 레이라가 팔에 힘을 줬다.

"왜 그래?"

"저 같은 하프 엘프가 함께 가도 괜찮았던 걸까요? 역시——"

"멈춰 세운다면 아버지한테 맡기자. 그걸 위해 우리 앞을 가고 있는 거고."

양아버지와 마이라가 가까이 가자, 두 근위기사는 말없이 서로 고개를 끄덕였다.

"멈춰라! 여기는 아인이——!!"

"실례하지."

두 병사가 창을 교차시켜 앞길을 가로막았다. 양아버지는 두 명의 머리를 붙잡고 문에 내리쳤다.

커다란 소리가 울리고, 구성관 홀에 있던 귀족들이 깜짝 놀란 얼굴로 양아버지를 봤다.

양아버지는 흥, 하고 콧방귀를 낀 뒤 두 근위기사를 내던졌다.

두 사람은 바닥을 미끄러지다가 곧바로 일어섰다. 역시나 근위기사라고 칭찬해야만 할까.

"이 무례한 놈이! 여기가――"

"바보 녀석! 다른 사람을 아인이라 부르는 녀석이 무례하다는 말을 입에 담지 말란 말이다!"

""큭!""

양아버지가 일갈하자, 두 근위기사는 분한 듯이 신음했다. 쿠로노 일행은 초대받아 알데미란 궁전에 온 것이다. 그런데도 불러서 멈춰 세우고, 아인이라는 멸칭을 썼다. 어느 쪽이 무례한지는 명약관화하지만, 귀족들은 혐오감도 그대로 드러내며 이쪽을 노려보고 있다.

근위기사가 창을 든 손에 힘을 주자, 양아버지는 사나운 미소를 띠었다. 이대로 칼부림이 나는 사태로 발전하는 건 아닐까 하고 생각한 그때.

"클로드 경!!"

양아버지를 부르는 목소리가 울려 퍼졌다. 소란을 듣고 달려온 것이리라. 하얀 군복을 입은 커다란 남성이 양아버지와 근위기사 사이에 끼어들었다. 양아버지도 키는 큰 편이지만, 그 인물은 더욱 키가 컸다. 게다가 옆으로도 덩치가 있다. 미노타우로스나 리자드맨에 필적하는 체구의 소유자다.

백발이 섞인 머리카락은 짧게 잘라 정리했다. 전력(戰歷)을 이야기해주듯이, 얼굴에는 무수한 상처가 새겨져 있지만, 눈은 동글동글하고 난처하다는 듯이 머리를 긁적이는 모습은 애교가 느껴졌다.

"타우르? 타우르잖냐!"

"오랜만이군요."

"그야 나는 남쪽 변경에 있는 경우가 많고, 너는 노우지 황제직할령에 있으니까. 어떻게 해도 오랜만일 수밖에."

"그렇지요."

커다란 남자—— 타우르는 절절한 어조로 대답했다. 타우르 엘나스 백작의 이름은 쿠로노도 알고 있었다. 제2 근위기사단 단장으로 '철벽'이라는 이명을 지닌 역전의 용사다.

"그래서, 뭐 하러 온 거냐? 이 녀석들 편을 든다면 아무리 너라고 해도…… 알고 있겠지?"

"클로드 경은 아무리 나이를 드셔도 클로드 경이군요."

양아버지가 손가락을 뚝뚝 꺾으며 소리를 내자, 타우르는 작게 한숨을 내쉬고는 머리를 깊이 숙였다.

두 근위기사가 숨을 삼켰다. 상사가 머리를 숙이게 했으니 당연했다.

"부하의 무례를 사죄드립니다. 여긴 제 면목을 세워 준다고 생각하시고 화를 거두어 주시지 않겠습니까."

"어쩔 수 없구만."

"감사드립니다."

타우르는 고개를 들어 두 근위기사에게 시선을 향했다.

"둘 다 맡은 자리로 돌아가라. 이제부터는 누구라 할지라도 황녀 전하의 손님으로서 맞이하도록."

""옙!! 정말로 죄송합니다!""

두 근위기사는 경례한 뒤 홀에서 나갔다.

"부하 교육이 안 되어 있는 거 아니냐?"

"이것 참, 부끄러울 따름입니다."

타우르는 손수건을 꺼내더니 이마의 땀을 닦았다. 불현듯 쿠로노를 봤다.

"클로드 경, 그가?"

"그래, 나와 에르아의 아이다."

"두 사람 다, 잠깐 괜찮지?"

쿠로노가 눈짓하자, 레이라와 엘레나가 떨어졌다.

"처음 뵙겠습니다, 타우르 경."

"배려에 감사드립니다, 쿠로노 경."

쿠로노가 가까이 다가가 경례하자, 타우르는 미세한 쓴웃음을 띠고는 반례(返禮)했다. 밑바닥에서부터 출세하여 올라온 군인처럼 각이 똑바로 잡히지 않은 경례였지만, 타우르의 경우에는 그게 잘 어울렸다.

"쿠로노 경의 무훈은 익히 들어 알고 있습니다. 이야기를 들었을 때는 의심스럽게 생각했지만, 클로드 경의 자식분이라면 납득이 되는군요."

"아니요, 제가 과분한 명예를 받을 수 있었던 건 부하들 덕분입니다. 그때, 부하가 목숨을 걸고 싸워 주었기에 저는 이렇게 살아 있을 수 있는 것입니다."

타우르는 양아버지 쪽을 향해 돌아서서 대담한 미소를 띠었다.

"클로드 경은 아버지로서도 일류군요."

"크하하! 그렇지, 그렇지!"

양아버지는 크게 소리 높여 웃으며 서관으로 향해 걸음을 내디뎠다. 마이라가 조용히 그 뒤를 쫓았다.

"쿠로노 님한테도 윗사람을 공경하는 마음이 있었네."

"아아, 알고 있었구나."

"이래 보여도 준귀족이니까 군의 최고 계급이 대대장이라는 것 정도는 알아."

엘레나의 말대로, 군의 최고 계급은 대대장이다. 이건 제국이 대대를 편제의 최소 단위로 삼아 거점에 배치하고, 긴급할 때 소집하여 군단을 편제한다는 제도를 채용하고 있기 때문이다.

"나는 항상 예의를 분별하고 있다고."

"눈을 뜬 채로 잠꼬대하다니, 감탄하겠어."

엘레나는 밉살스러운 말을 내뱉더니 쿠로노의 팔에 자신의 팔을 감았다. 약간 뒤늦게 레이라도 쿠로노의 팔에 자신의 팔을 감았다.

"나, 춤은 그다지 잘 못 추는데."

"주인님, 저는 춤을 출 수 없습니다만?"

"춤 걱정은 하지 않아도 괜찮을 거라고 봐."

양아버지와 마이라 뒤를 따라 긴 복도를 나아갔다. 그 끝에 중후해 보이는 문이 있었다.

양쪽 옆에서 대기하던 궁녀가 문을 열자, 거기서는 노인들이 술을 마시고 있었다.

요리를 먹고 있는 사람도 있지만, 춤을 추는 사람은 한 명도 없었다.

"다들 춤에는 흥미가 없으니까 말이지."

"이러니까 신귀족은 싫어."

엘레나는 내뱉다시피 말했다.

양아버지는 테이블 위에 있던 목제 술잔을 손에 쥐었다. 술통과 매우 비슷하게 생겼다.

"자식들아! 마시고 있냐!!"

""""""오오—!!""""""

양아버지가 외치자, 노인들은 와인잔이나 목제 술잔을 높이 치켜들었다.

부인들은 의자에 앉아 와인잔을 기울이며 환담에 열중하고 있다.

"무도회에 온 걸 텐데."

"아버지나 아버지 동료들은 춤을 못 추니까 말이지."

춤을 배울 기회가 없었다고 말해야 할지도 모른다.

"너도 마셔라."

쿠로노는 양아버지한테서 목제 술잔(내용물은 맥주다)을 받아

들고, 단숨에 들이켰다.

"화끈하게 마시는데!"

"역시 클로드의 아들이야!"

"그렇지, 그렇지!"

노인들이 박수를 쳤고, 양아버지는 자랑스럽게 가슴을 폈다.

"잠깐 자리를 비워도 돼?"

"괜찮긴 한데, 금방 돌아오도록 해."

"응, 약속할게."

엘레나는 얼굴 가득 미소를 띠고는 고개를 끄덕인 뒤 무도회장에서 나갔다.

동관에 가서 모친의 원수를 찾을 생각이리라. 운 좋게 조우할 수 있다는 보장은 없지만.

"페이!"

"……."

쿠로노가 부르자 페이가 곧바로 다가왔다. 단, 말이 없는 채로. 햄스터처럼 요리를 입안 가득 넣고 있기에 목소리를 낼 수 없는 것이다.

우물, 우물, 꿀꺽, 하고 페이는 요리를 삼켰다.

"무슨 일이십니까?"

"페이는 귀족이었지?"

"당연한 것입니다. 저는 물리파인 가문의 당주입니다."

므훗, 하고 페이는 콧김을 내뿜고는 가슴을 폈다.

"몰락했지만 말이야."

"모, 모모, 몰락은 하지 않았습니다! 그저 조금……."

"조금?"

"조금 유감스러운 상황이 되어 있는 것뿐입니다!"

페이는 시뻘게진 얼굴로 말했다.

"일부러 빈정대기 위해 부른 것입니까?"

"엘레나 호위를 부탁하려고 한 거야."

"호위입니까."

페이는 진지한 표정으로 고개를 끄덕였지만, 시선은 고기 요리로 향해 있다.

"페이 몫은 챙겨 둘 테니까."

"알겠습니다!"

페이는 쿠로노에게 경례하고는 무도회장에서 뛰어나갔다.

※

쳄발로 음색이 흐른다. 담담하게 일정 리듬으로 새겨지는 음색은 낙숫물 같다.

하지만 거기에 피리와 타악기 소리가 더해짐으로써 쳄발로의 음색은 깊은 애수를 띤다.

그런 소리로 가득 채워진 무도회장에서 귀족들은 느긋하게 스텝을 밟고, 몸을 흔든다.

살짝 손이 닿은 순간, 수줍은 듯이 미소 짓는다. 마음이 서로 통한 것만 같이.

나도 저런 느낌이었지, 하고 엘레나는 와인잔을 손에 들고선 춤추는 남녀를 쳐다봤다.

남자는 근위기사의 증표인 하얀 군복을 입고 있었다. 머리카락은 곱슬머리고 피부는 햇볕에 그을렸다.

눈매는 상냥해 보였다. 적어도 표면상으로는.

"······필립."

엘레나는 남자의 이름을 중얼거렸다. 그 목소리는 자신도 놀랄 정도로 평탄했다.

그는 웃고 있었다. 약혼자가 행방불명이 되었는데도 불구하고.

그것만으로도 그가 그 습격 사건에 관여하고 있었다는 것을 알아차리고 말았다. 하얀 군복도 확신을 강하게 만들었다.

근위기사는 군의 엘리트다. 실력은 물론 가문의 격도 있어야 한다.

더욱이, 상관의 추천을 받지 않으면 입단 시험조차 받을 수 없다.

아마 필립은 숙부에게 협력한 대가로 돈을 받고, 뇌물로 쓴 것이리라.

엘레나는 와인잔을 가슴 높이로 들어 올리고는 손을 놓았다.

와인잔이 바닥에 떨어져 깨졌다. 필립은 춤을 멈추고 이쪽을 봤다.

그 얼굴은 딱딱하게 굳어 있었다. 마치 유령이라도 만난 것처럼.

엘레나는 조소하며 몸을 되돌렸다. 분명 그는 쫓아올 것이다. 자신을 죽이기 위해.

하지만 그건 엘레나도 마찬가지다.

"자, 쫓아오도록 해. 이번에는 내가 당신을 죽여 주겠어."

※

쿠로노가 레이라를 곁에 두고 와인을 홀짝홀짝 마시고 있었더니, 갑자기 문이 열렸다.

소란이 멎었다. 이유는 문이 열렸기 때문이 아니다. 문을 연 사람이 티리아였기 때문이다.

티리아는 심홍색 드레스로 몸을 감싸고 있었다.

위쪽은 앞가슴이 크게 트인 뷔스티에, 프릴로 장식된 스커트가 넓게 퍼져 있었다.

레이라와 엘레나가 입은 드레스를 더해서 둘로 나누면 이런 느낌이 되리라.

"쿠로노!"

티리아는 거친 발걸음으로 쿠로노에게 다가왔다. 그리고는 눈앞에 서서 거만하게 가슴을 폈다.

군복을 입었을 때보다 가슴이 크게 보였다. 발칙한 가슴이다. 정말로 발칙하다.

"기껏 무도회에 불러 줬는데 인사도 하러 오지 않고 뭘 하는 거냐."

"술 마시고 있었어."

"어째서 내 가슴을 보며 말하는 거지?"

"발칙해!"

"뭐가 말이냐!"

쿠로노가 소리치자, 티리아도 맞서 소리쳤다.

"티리아의 본체는 가슴이라고 생각해."

"최후에 남기는 말은 그걸로 괜찮은 거군?"

티리아는 손가락을 뚝뚝 꺾으며 소리를 냈다. 안 되겠다. 생각보다 취한 것 같다.

갑자기 굵은 팔이 목에 휘감겼다. 티리아가 아니라 양아버지의 팔이었다.

"이쪽으로 와라."

"아파! 아프다고!"

양아버지한테 헤드록을 당한 채 티리아한테서 10m 정도 떨어진 곳으로 이동했다.

양아버지는 그제야 겨우 헤드록을 풀어주었다.

"저 가슴은 누구냐?"

"티리아야. 제1 황위 계승자인 티리아 황녀."

"저 가슴이 라마르의 딸인가."

양아버지는 어깨 너머로 티리아를 쳐다본 뒤 쿠로노 쪽을 돌아봤다.

"전혀 닮지 않았군."

"황제 폐하와 만난 적이 있나 보네?"

"내란 중이었을 때 늘 봤지. 끝나고 나서는 한 번도 만나지 않았지만 말이다."

"지독한 이야기군. 아버지는 내란을 끝낸 공로자잖아?"

"너무 그런 말 마라. 황제쯤 되면 여러 사정이 있는 거겠지."

"아버지는 의외로 마음이 넓구나."

"의외로는 쓸데없는 한마디다."

양아버지는 발끈한 듯이 말했다.

"그래서, 너는 저 가슴을 노리고 있는 거냐?"

"아니, 노리고 있지는——"

"노리고 있다면 그만둬라."

양아버지는 쿠로노가 말을 끝내기보다 빠르게 못을 박았다. 자기가 물어봤으니까 하다못해 이쪽이 하는 말을 끝까지 들어 줬으면 했다. 뭐, 주정뱅이는 그런 법인가.

"저 가슴은 너한테 벅차."

"확실히, 내 손에는 다 안 들어갈 정도로 벅차지."

쿠로노가 손가락을 꾸물꾸물 움직였다.

"근데 왜 안 된다는 거야?"

"알겠냐? 너는 여자를 알게 되어서 나름 자신감을 가졌을지도 모르지만, 그럴 때가 제일 위험하다고. 위험 속에서 위험을 보지 못하게 되는 거다."

양아버지는 신병을 타이르는 고참 병사 같은 어조로 말했다.

"예를 들자면 너는 늑대 가죽을 뒤집어쓴 양이다."

"그건 단순한 양 아닌가?"

"하지만 저 가슴은 태어나면서부터 사자지."

양아버지는 쿠로노의 말을 무시하고 말했다.

"힘으로 범해질 가능성도 무시할 수 없다고."

"설마. 상대는 황녀님인데?"

"알겠냐? 방심하지 마라. 방심했다가는 쥐어짜이고 말 거다."

양아버지는 진지한 표정으로 말했지만, 주정뱅이의 농담으로밖에 들리지 않았다.

"나는 가겠다만, 절대로 방심하지 마라. 다칠 거다."

"알았어."

쿠로노가 고개를 끄덕이자 양아버지는 노인들이 있는 곳으로 향했다.

"이야기는 끝났나?"

"본 대로야."

"그럼, 가자."

티리아는 쿠로노의 손을 붙잡고 걷기 시작했다. 서관 복도를 빠져나가 구성관으로 들어갔다.

그제야 그녀의 목적을 이해했다. 쿠로노를 동관에 데려가려는 것이다.

"자, 잠깐!"

"너는 입 다물고 따라오면 된다."

티리아는 쿠로노의 항의를 무시하고 구성관을 나아갔다.

"나 참, 어째서 내가 너를 마중하러 가야 하는 거냐. 본래 제도에 도착한 시점에서 나한테 인사하러 오는 게 순리이지 않나."

"그런 말을 해도 말이지······."

"뭐냐? 뭔가 하고 싶은 말이라도 있는 건가?"

"······아무것도 아닙니다."

쿠로노는 머리를 숙이고 티리아를 따라갔다. 구성관을 빠져나가 동관——무도회장에 들어갔다.

음악이 멎고, 구귀족들의 시선이 쿠로노와 티리아에게 집중되었다. 솔직히 거북했다.

하지만 잠시 후 음악이 다시 흐르기 시작했고, 구귀족들은 춤을 재개했다.

보기 싫은 것은 보지 않았던 것으로 치는 것도 구귀족에게 필요한 능력이리라.

"심장에 안 좋다고."

"네가 겁이 너무 많은 거다."

쿠로노가 가슴을 누르며 말하자, 티리아는 발끈해서 말했다.

"너는 나한테 이기고, 그 이그——"

"여어, 황녀 전하."

청량한 목소리가 티리아의 말을 가로막았다. 갑자기 달콤한 향

수 냄새가 감돌았다.

목소리가 난 쪽을 보니 여성이 다가오고 있었다. 뷔스티에 타입 드레스를 입은 여성이었다.

여성치고는 키가 컸으며, 몸도 근육질이었다. 가슴도—— 상당히 얌전했다.

이목구비도 다소 중성적이었는데, 립스틱을 덕지덕지 바른 입술을 마치 티리아를 비웃는 것처럼 일그러뜨리고 있었다.

다만, 눈매가 부드러워서 억지로 악역을 연기하는 것 같은 느낌이 들었다.

"……리오 케이론 백작."

"네가 지금의 에라키스 후작이구나."

티리아를 무시하고 여성—— 리오 케이론 백작이 어색하게 쿠로노의 팔의 자신의 팔을 감았다.

"날 소개해 주지 않는 거야?"

"그는 리오 케이론 백작. 제9 근위기사단의 단장이다."

티리아는 '그'라는 부분을 강조해서 말했다. 아무래도 남성인 모양이다.

여장이 취미인 걸까. 아니, 섬세한 화제에는 파고들지 않는 게 좋다.

"후훗, 만나서 반가워. 쿠로노 에라키스 후작."

"저야말로 만나서 반갑습니다. 리오 케이론 백작."

"리오라고 불러 주지 않겠어?"

"나도 쿠로노로 괜찮아."

"고마워, 쿠로노."

리오는 그렇게 말하고는 가슴을 쿠로노에게 꽉 눌렀다. 미묘하게, 부드러운 듯한 느낌이 들었다.

"이제부터 내 저택에 가지 않겠어? 잊을 수 없는 밤으로 만들어 줄게?"

"남자가 남자를 유혹해서 어쩌자는 거냐!"

리오가 쿠로노의 목에 팔을 감자, 티리아는 얼굴이 새빨개져서는 소리쳤다.

남자라는 말에 리오는 슬퍼 보이는 표정을 띠었다.

"황녀 전하는 남자라고 말했지만, 마음은 여자야."

"……과연."

즉, 성동일성 장애라는 건가. 자세히는 모르지만, 아마 이 세계는 섹슈얼리티에 관용적이지 않으니 괴로울 거다.

"친구부터 시작하면 안 되겠어?"

"쿠로노! 그 녀석은 남자라고!"

"남자 사이니까 친구부터 시작하자고 말한 거야."

리오는 신기하다는 듯이 눈을 깜박였다.

"쿠로노는 재미있네. 내가 유혹하면 보통은 도망치는데."

"유혹에 응할 수는 없지만, 도망칠 정도는 아니야. 그래서, 어때?"

"친구부터라도 상관없어."

"다행이네."

쿠로노는 휴, 하고 안도의 한숨을 내쉬었다. 화나게 만들면 어쩌지 하고 생각했다.

"친구로서 하고 싶은 말이 있는데, 괜찮을까?"

"뭔데?"

"조금 더 자연스러운 메이크업을 유념하는 편이 좋지 않을까?"

"이런이런, 립스틱이 닦여나가고 말았잖아."

쿠로노가 손가락을 립스틱을 닦아주자, 리오는 마치 연기라도 하는 것처럼 과장된 몸짓으로 어깨를 으쓱였다.

"그리고, 향수 냄새가 너무 강해."

"쿠로노는 인정사정없네."

리오는 작게 한숨을 내쉬었다.

"알았어, 향수는 무리지만 화장은 곧바로 고칠게."

"아마, 그때쯤에는 서관에 돌아가 있을 거니까——"

"쿠로노가 없으면 서관에 가면 되는 거지?"

"그런 거야. 서관은 술잔치가 벌어져 있으니 놀라겠지만."

"그쪽이 더 성미에 맞아. 후후, 오늘 밤은 맛있는 술을 마실 수 있겠어."

리오는 발걸음을 되돌려 무도회장에서 나갔다.

"으윽, 대체 어떻게 무도회장에 들어온 거지?"

"부르지 않았던 거야?"

"당연하지 않나. 저 남자는 행사를 엉망진창으로 만드는 상습범이라고."

"그런 사람으로는 보이지 않았는데."

"크윽!"

"알았어. 리오 이야기는 안 할게."

티리아가 노려보자 쿠로노는 양손을 들었다.

"쿠로노, 걷는다."

"또 이동하는 거야?"

"그냥 걷는 것뿐이다."

티리아는 쿠로노의 팔에 자신의 팔을 감더니 걷기 시작했다. 풍만한 가슴이 위팔에 닿았다.

이 부드러운 감촉에 집중할 수 있다면 좋겠지만, 구귀족들의 시선이 따가워서 그럴 겨를이 아니었다.

그건 그렇다 치고——.

"어째서 이렇게 과시하는 거야?"

"뭐야, 눈치채고 있었던 건가."

"평소에도 이렇게 가슴을 눌러댔더라면 눈치 못 챘겠지."

"누가 하겠냐!"

티리아는 새빨개진 얼굴로 말했다.

"실은…… 이 무도회는 맞선을 겸하고 있다."

"그럼 왜 아버지랑 다른 사람들까지 부른 거야?"

"제대로 준비하지 못하고 개최한 무도회니까 말이지. 사람이 모이지 않았던 거다. 내가 주최하는 무도회에 사람이 모이지 않는 건 매우 곤란해."

"요컨대 허영이라는 말인가?"

"하다못해 체면이라고 말해라."

티리아는 발끈한 듯이 말했다.

"'급거 개최한 무도회에도 사람이 온다'. 그게 내 힘을 나타내는 것이 된다고."

"아버지나 다른 사람들의 목적은 술이랑 요리겠지만."

"와 주면 그걸로 됐어."

티리아는 신음하듯이 말했다. 황녀에게도 여러 사정이 있는 모양이다.

"그럼 일부러 나를 동관에 데리고 온 건——"

"남자가 들러붙는 걸 막기 위해서다. 나는 아직 결혼할 생각이 없으니까 말이지."

"그렇습니까⋯⋯."

"우리는 친구이지 않나?"

"그야 그렇지만, 남자는 여자가 의미심장한 말을 하면 기대하는 생물이라고. 아니, 그보다 남자가 들러붙는 걸 막는 건 그렇다 치고, 이상한 소문이 돌면 도리어 난처하지 않아?"

"그렇게 생각한다면 나한테 어울리는 남자가 되어라."

"엄청나게 오만한 대사를 들은 듯한 느낌이 드는데."

"나는 황녀라고?"

"그건 그래, 그렇긴 한데 말이지⋯⋯."

지위를 생각하면 위에서 내려다보는 시선인 게 당연하지만, 쉽사리 납득하기 힘든 무언가가 있다.

"무훈을 세우고, 황녀의 배우자…… 제국에서 가장 고귀한 여자의 지아비가 된다. 남자의 숙원이 아니더냐."

"티리아가 몰락하는 편이 빠를 거 같은데."

"어째서 내가 몰락해야 하는 거냐!"

"황녀의 배우자가 되기 전에 죽을 것 같으니까."

"나 참, 패기 없는 녀석. 조금은 레온하르트 경을 본받아라."

"레온하르트?"

"저기서 여자들한테 둘러싸여 있지 않으냐?"

티리아가 턱짓으로 가리켰다. 그쪽을 살펴보니 하얀 군복을 입은 남자가 여성들에게 둘러싸여 있다.

부드러워 보이는 금발의 소유자로, 기품 있는 이목구비를 지녔고, 키는 컸으며, 몸은 군복 위로도 알 수 있을 정도로 잘 단련되어 있었다.

행동거지에도 빈틈이 없다. 쿠로노도 알 수 있을 정도라면 상당한 실력가인 게 분명했다.

게다가 두르고 있는 공기가 달랐다. 그 자신이 빛을 내뿜고 있는 것처럼 느껴졌다.

오컬트는 믿지 않지만, 오라라는 것이 존재한다면 바로 저걸 가리키는 것이리라.

"레온하르트 팔라티움. 팔라티움 공작가의 적남으로, 군사학교를 수석으로 졸업한 후에 제2 근위기사단에 배속되어 신성 아르고 왕국이 침공해 왔을 때는 첫 전투임에도 불구하고 적 지휘관을 벤 강자다. 순백이자 질서를 관장하는 신의 신위술사이기도 하여 '성기사'라는 이명을 지녔지. 참고로 지금은 제1 근위기사단 단장이다."

"치트 수준이 너무한데."

쿠로노는 신음하고는 레온하르트를 노려봤다. 그랬더니 눈이 마주치고 말았다.

황급히 시선을 피했다. 시비를 건다고 오해받았다가는 골치 아파진다. 흠씬 두들겨 맞고 만다.

"한심한 녀석이군, 너는."

"나도 그렇게 생각해."

"레온하르트 경과는 친구가 되지 않는 거냐?"

"신에게 사랑받은 듯한 사람하고 같이 있으면 마음이 병들기 마련이거든. 그런 상대한테 무리 지어 몰려드는 여자가 대단해 보일 지경이야."

쿠로노는 레온하르트를 둘러싼 여성들에게 시선을 향하다가, 거기서 낯익은 얼굴을 발견했다.

"……페이."

"무엇입니까?"

쿠로노가 한숨을 섞으며 말하자, 페이는 갸우뚱한 얼굴로 다가왔다.

"페이, 일은?"

"엘레나 님이라면 발코니 쪽으로 간 것입니다."

"티리아, 기다리고 있어! 페이, 티리아를 상대하고 있어!"

쿠로노는 티리아를 페이에게 맡기고, 발코니로 달렸다. 안 좋은 예감이 들었다.

　　　　　　　　　　　　※

엘레나는 발코니 난간에 등을 기대고 필립을 기다렸다. 그는 반드시 온다.

그런 확신과도 비슷한 마음이 있었다. 잠시 후 그가 모습을 드러냈다. 이마에 땀이 맺혀 있었다.

어지간히 초조해했던 것이리라. 그는 말없이 거리를 유지했다. 어쩔 수 없네.

엘레나는 자기 쪽에서 말을 걸기로 했다.

"오랜만이네."

"거, 걱정했어. 에, 엘레나, 지금까지 어떻게 지내고 있었어?"

필립이 살짝 뒤집힌 목소리로 말했고, 엘레나는 웃음을 터뜨릴 뻔했다.

자기가 함정에 빠뜨린── 죽이려 했던 상대한테 무슨 말을 하려는 건가 싶더니만 '걱정했어'란 말이 나왔다.

"그런 것치고는 즐거워 보였는데?"

"그, 그건……."

필립은 말을 더듬었다. 춤을 추고 있던 그는 정말로 즐거워 보였다. 당연했다. 그는 자기 세상의 봄을 구가하고 있었으니까. 그것이 희생 위에서 이루어진 것이었을지라도 즐거웠을 게 분명했다.

"뭐, 됐어. 지금까지 어떻게 지냈는지 알려줄게."

"그, 그래."

필립은 진지한 얼굴로 고개를 끄덕이고는 군복 목덜미 부분을 느슨하게 풀었다.

"저택이 도적들한테 습격당한 뒤에, 노예 상인한테 팔렸어."

"——!!"

필립이 숨을 삼켰지만, 개의치 않고 계속했다.

"정말 끔찍했지. 상품 가치가 없어지니까 강간은 당하지 않았지만, 그 녀석들은 쉽게 폭력을 휘두른다구? 반항하면 때려. 말대구하면 때려. 본보기 삼아 때려. 얼마나 얻어맞았는지 모를 정도야."

괴물처럼 변해버렸던 자신을 떠올리자 울음이 나올 것만 같았다. 하지만 꾹 참았다.

"나는 좁은 우리 안에서 고통에 신음하며 자신에게 되뇌었어. 필립이 반드시 구하러 와 줄 거라고. 문을 열고 나를 구출해 줄 거라고. 나는 믿고 있었어. 당신이 구하러 와 줄 거라고 믿고 있었다구!"

"……아, 아아."

엘레나가 호통을 치자, 필립은 뭍으로 건져 올려진 물고기처럼 입을 뻐끔거렸다. 이윽고 입을 닫고는 실실 웃었다.

"구하러 가지 못했던 건 사과할게. 하지만 이쪽에도 사정이 있었어. 여러 일이 있었지만, 너는 살아서 내게로 돌아와 줬어. 그걸로 충분하잖아."

"그러네. 그걸로 충분할지도 모르겠어."

"그렇다고. 지금은 재회할 수 있었다는 사실을 기뻐해야 해."

필립은 휴, 하고 안도의 한숨을 내쉬고는 말했다.

"그나저나, 어떻게 살아난 거야?"

"노예로 날 사준 사람이 있었어."

"그 사람한테 감사의 말을 해야만 하겠는걸."

"답례라면 내가 잔뜩 했어. 이 몸으로 말이지."

"무슨 의미야?"

"모르겠어? 그 사람은 나를 노예로서 산 거야. 내 순결은 그 사람한테 빼앗겼어. 밤새도록 범해진 적도 있고, 돼지 울음소리 흉내를 내게 시킨 적도 있어. 부정(不淨)한 구멍을 범해진 적도 있고 말이야. 이런데도 재회를 기뻐할 수 있어? 전처럼 나를 사랑할 수 있어?"

"물론이야. 엘레나, 너를 꼭 끌어안게 해줘."

필립은 그렇게 말하고는 이쪽으로 다가왔다.

좀 더, 더 가까이 오도록 해, 하고 엘레나는 내심 득의양양한 미소를 지었다. 살며시 장갑을 매만졌다.

그 밑에는 날이 가느다란 단검을 숨겨 놓았다. 폭은 좁지만 찌르면 죽일 수 있을 터다.

지금! 하고 엘레나는 발을 내디뎠지만, 필립이 팔을 뻗는 속도가 더 빨랐다.

엘레나의 목을 붙잡고 한층 힘을 주었다. 발코니에서 밀어 떨어뜨리려는 것이다.

"필립!"

"네가 잘못한 거다! 얌전히 노예로 살고 있으면 좋았을 것을, 이런 곳까지 와서!"

엘레나는 발코니에서 밀려 떨어질락 말락 한 상태에서 필립을 노려봤다.

"당신이! 당신이 어머님을 죽였기 때문이잖아!"

"그건 네 숙부가 주도한 거야. 나는 사용인의 시체를 네 시체라고 속였을 뿐이라고!"

"죽여 주겠어!"

"이 단검으로?"

필립은 단검을 뽑아 야비한 미소를 띠었다.

"지금이니까 말하겠는데, 난 네가 싫었어. 준귀족 주제에 돈을, 지식을 과시하고 말이지!"

"난 그런 짓 하지 않았어!"

"거짓말 마!"

필립은 손에 힘을 주었다.

"네가 나의 마음을 알아?! 줄곧 얕보여 왔던 내 마음을 아냐고!!

네가 돈과 지식을 과시할 때마다 나는 비참함에 정신이 나가 버릴 것만 같았어!"

불현듯 필립이 힘을 풀었다.

"지금 약혼자는…… 네 사촌은 귀여워. 조금 바보이긴 하지만, 너처럼 나를 깔보지 않아. 역시 여자는 조금 멍청한 게 딱 좋다고. 배운 여자 따위를 약혼자로 삼은 게 실수였어!"

필립이 단검을 치켜들었다. 하지만 엘레나는 눈을 돌리지 않았다.

눈을 돌리면 패배라고 생각했다.

"천추신악!"

"히익!!"

그때 갑자기 칠흑의 구체가 단검을 들고 있던 손을 감쌌고, 필립은 비명을 지르며 뒤로 펄쩍 뛰었다.

엘레나가 기침하며 고개를 드니, 쿠로노의 모습이 보였다.

※

늦지 않아서 다행이야, 하고 쿠로노는 엘레나와 남자 사이에 끼어들어 가슴을 쓸어내렸다.

"엘레나, 설 수 있겠어?"

"……응."

엘레나는 목을 누르며 일어섰고, 쿠로노 뒤에 숨었다.

이 녀석이 필립인가, 하고 쿠로노는 남자를 응시했다. 특징다운 특징이 없는 남자였다.

하얀 군복을 입고 있지만, 레온하르트 같은 오라는 없었다.

"당신이 그 녀석의 사육주인가?"

"주인님이야."

필립은 깔보는 듯한 시선으로 쳐다봤다. 엘레나가 뭔가 말한 것일까.

"엘레나의 목을 조르고 있는 것처럼 보였는데, 엘레나가 뭔가 했어?"

"노예가 무도회장에 잘못 들어온 것 같으니까 던져 버리려고 한 것뿐이다."

"사정은 알았어. 하지만, 남의 재산에 흠집을 내다니, 뭐 하자는 수작이야?"

"그렇다면 손해를 배상해 주지. 아니, 그 노예를 사들여 주마. 얼마 원하지?"

필립은 비웃는 것처럼 말했다. 엘레나가 쿠로노의 군복을 붙잡았다.

팔지 말아 달라는 마음이 전해져 오는 듯하다.

"엘레나는 솔직하지 못하니까 말이지. 이걸로 어때?"

"금화 백 닢인가. 중고 노예를 가지고 터무니없는 가격을 부르는군."

쿠로노가 검지를 세우자, 필립은 그런 말을 했다.

"자릿수가 틀려."

"엉덩이 구멍까지 범해진 중고 노예니까 말이다. 금화 열 닢이 타당한가."

"그것도 자릿수가 틀렸어. 이래 보여도 나는 엘레나가 마음에 들거든. 시건방지지만 겁먹었을 때의 표정이 참을 수 없어서 말이야. 그래서 무심코 난폭하게 다루고 말지."

"뭐야? 그럼 금화 천 닢을 내놓으라는 말인가?"

"아직 자릿수가 틀려. 나한테서 엘레나를 사들이고 싶다면 금화 백만 닢을 지불하라고."

"바보 같은 소리 마라!"

필립은 언성을 높였다.

"나는 엄청나게 진지해. 엘레나, 내 앞에 서."

"으, 응, 알았어."

엘레나는 명령에 따라 쿠로노 앞에 섰다. 필립이 놀란 듯이 눈을 휘둥그레 떴다.

순순히 따를 거라고는 생각하지 않았던 것이리라. 쿠로노는 뒤쪽에서 엘레나를 끌어안았다.

엘레나가 움찔하며 몸이 굳어졌지만, 무시하고 그녀의 얌전한 가슴을 애무했다.

"그, 그만해!"

"나한테 거역하는 거야?"

"죄, 죄송해요! 제가 잘못했어요!"

쿠로노가 목줄을 붙잡자, 엘레나는 얼굴이 새빨개지며 사죄했다.

"자, 평소 어떤 식으로 사랑을 나누고 있는지 전 약혼자에게 가르쳐 주라고."

"어, 어째서, 그런 짓을——!!"

목줄을 잡아당기니, 엘레나는 재차 몸을 떨었다.

"자, 빨리."

"손이나 입으로 봉사하거나…….'"

엘레나가 말을 머뭇거렸다. 귀까지 새빨개져 있지만, 그건 수치심뿐만이 아니었다. 이 상황에 흥분한 것이다. 뭉그적뭉그적하며 허벅지를 맞대 비비고 있는 게 그 증거다.

"손이나 입으로 봉사하거나?"

"어, 엉덩이 구멍으로 봉사하고 있어요."

엘레나는 필립에게서 고개를 돌렸다.

"엉덩이로 봉사할 때의 기분은?"

"아프기만——!! 죄, 죄송해요! 기분 좋아요! 무척 기분 좋아요!"

"뭐, 그래. 이 정도면 됐어."

쿠로노가 떨어지자 엘레나는 그 자리에 주저앉았다.

"어때? 귀엽지? 뭐 이젠 달라고 해도 안 줄 거지만."

"——큭!"

쿠로노가 조소하자, 필립의 얼굴이 거무칙칙하게 물들었다. 덤벼 오려나 싶었는데, 그는 몸을 되돌리더니 거친 발걸음으로 발코니에서 떠났다. 그의 모습이 완전히 보이지 않게 된 것을 확인하고, 가슴을 쓸어내렸다. 무도회장에서 칼부림 사태에 이를 정도로 바보는 아니었던 모양이다. 시선을 내리자 엘레나가 휘청휘청하며 일어서던 참이었다.

"어머님의 원수를 갚지 못했어."

"나로서는 복수를 멈춰 줬으면 하는데 말이지~."

"너는 당사자가 아니니까 그런 말을 할 수 있는 거야!"

엘레나는 격앙한 듯이 소리치며 쿠로노 쪽을 향해 돌아섰다. 당장이라도 울음을 터뜨릴 것만 같았다.

"그렇기에 엘레나가 손을 더럽히지 않았으면 좋겠다고 생각할 수 있는 거라고."

"일단, 고맙다는 말은 해 둘게. 구해줘서, 정말 고마워."

"감사 인사를 받고 있다는 느낌이 전혀 안 드는데."

"비아냥인 게 당연하잖아!"

젠장, 하고 엘레나는 고개를 숙였다. 어깨가 떨리고 있다. 우는 건가.

"엘레나?"

"——!!"

쿠로노가 어깨를 만지자, 엘레나가 고개를 들었다. 다음 순간, 빛이 작렬했다.

약간 뒤늦게 철 냄새나는 맛이 입안에 퍼졌다. 엘레나한테 박치기를 당한 것이다.

"답례 키스야."

"공격적인 키스네. 피 맛이 나."

"나도 그래."

엘레나는 손등으로 입술을 쓱 닦았다. 장갑이 피로 빨갛게 물든다.

"키스는 싫어하지 않았던가?"

"노예로서 키스 받거나, 순결을 빼앗기는 게 싫은 거야."

엘레나는 발끈한 듯이 말하고는 깊게 한숨을 내쉬었다.

"내 볼일은 끝났으니 안으로 돌아가자."

엘레나는 그렇게 말한 뒤 쿠로노의 손을 붙잡고 걷기 시작했다.

"쿠로노, 돌아왔나."

안으로 들어가니 티리아가 기분 좋은 표정으로 다가왔다. 등 뒤에는 페이가 서 있었다.

"무슨 일 있었어?"

"페이와 의기투합해서 말이지. 그녀는 멋진 기사다. 내 고생을 이해해 주고 있어."

"흐음~? 어떤 이야기를 했는데?"

"저의 제자가 가르쳐준 오의 · 맞장구를 친 것입니다."

"맞장구가 오의야?"

"이해해, 라든가 힘들었겠네, 라는 말을 하고 있으면 OK입니다. 엄청 쉬운 것입니다."

므훗——, 하고 페이는 콧김을 거칠게 내뿜으며 말했다.

"……페이."

"무엇입니까?"

티리아가 땅속에서 울리는 듯한 목소리로 이름을 부르자, 페이는 귀엽게 고개를 갸웃했다.

"내 가신으로 삼겠다는 이야기 말이다만, 철회한다."

"어째서입니까?!"

"내 말에 맞장구를 치기만 할 뿐인 가신은 필요 없다."

"또, 또다시 출셋길이 막혀 버리고 만 것입니다!"

페이는 어깨를 풀썩 떨궜다.

"나는 서관으로 돌아갈게."

"나도 가겠다!"

쿠로노가 걷기 시작하자, 티리아가 재빨리 팔을 감더니 반대편에 있는 엘레나를 노려보았다.

엘레나는 잽싸게 쿠로노 뒤에 숨었다. 동관을 나오자, 곧바로 리오와 마주쳤다.

"여어, 화장을 고치고 왔어."

칫, 하고 티리아가 혀를 찼지만, 일부러 무시했다. 지적해 봤자 긁어 부스럼일 뿐이다.

쿠로노는 리오를 찬찬히 쳐다봤다. 화장이 조금 전보다 상당히 옅어져 있다.

"어때?"

"조금 전보다 자연스러운 느낌이네."

"후후, 다행이야."

리오는 기쁜 듯이 웃고는, 쿠로노의 양옆── 티리아와 엘레나를 쳐다봤다.

"나도 팔짱을 끼고 싶은데, 양팔이 이미 차 있다면 어쩔 수 없네."

"친구는 팔짱을 끼지 않는다고 생각하는데?"

"그런 거야?"

"그런 거야."

리오는 의외라는 듯이 눈을 휘둥그레 떴지만, 아마 연기일 것이다.

"언제까지 이러고 있을 거지?"

"그러네, 움직일까."

티리아가 짜증이 난 어조로 말하자, 쿠로노는 걸음을 내디뎠다.

"무슨 짓을 한 거냐!"

"죄송합니다."

동관과 구성관을 잇는 복도를 걷고 있었더니 히스테릭한 목소리가 들려왔다. 나중에 들려온 것은 레이라의 목소리였다.

아마도 쿠로노가 좀처럼 돌아오지 않기에 상황을 보러 온 것이리라.

"미안. 트러블이 있었던 것 같아."

"어쩔 수 없군."

"힘내."

티리아와 엘레나가 떨어지고, 쿠로노는 잰걸음으로 구성관 홀에 들어갔다. 그곳에서는 중년 남자가 레이라를 노려보고 있었다. 발밑에는 상자가 있다. 뚜껑이 열려 미라가 튀어나와 있었다. 상반신은 원숭이, 하반신은 물고기였다. 혹시, 인어 미라인 걸까. 아니, 무슨 미라인지 생각하는 건 나중이다. 우선은 레이라를 도와야만 한다.

"내가 이 인어를 손에 넣는 데 얼마나 고생했는지 아는 거냐?! 이건 황녀 전하에게 바칠 헌상품이었단 말이다!"

"죄송합니다."

"——큭!"

레이라가 담담하게 고개를 숙이자, 바보 취급당했다고 느꼈는지 중년 남자는 주먹을 치켜들었다.

하지만 그 주먹이 레이라를 상처입히는 일은 없었다. 쿠로노가 손목을 붙잡았기 때문이다.

"뭐냐, 네 녀석은!"

중년 남자는 짜증이 치민 얼굴로 쿠로노의 손을 뿌리치고는 휘청거렸다. 알코올 냄새가 콧구멍을 자극했다. 발걸음이 비틀거리고 있는 듯하니 상당히 취한 모양이었다.

쿠로노는 레이라의 몸에 무슨 일이 일어났는지 이해했다. 아마 취한 상태에서 걷다가 레이라한테 부딪친 것이리라. 하지만 그걸 지적해도 상대가 부정할 건 뻔했다.

"내 말이 안 들리는 거냐! 네 녀석은 누구냐고 묻고 있다!"

"실례, 제 애인이 무슨 짓을 저질렀습니까?"

쿠로노는 레이라를 감싸듯이 중년 남자 앞에 섰다.

"애인? 하프 엘프가 애인이라고 말하는 거냐?"

"예, 그것이 뭔가 문제라도?"

"하프 엘프를 애인으로 삼다니, 귀족이라 부르기도 창피한 놈이군."

중년 남자는 불쾌한 듯이 얼굴을 찌푸렸다.

"하프 엘프는 결국 인간도, 엘프도 되지 못하는 어중간한 존재다. 그런 어중간한 것을 일부러 데리고 오다니…… 아아, 그런가. 시험 삼아 써 보니 좋았던 건가. 너는 젊은 듯하니, 그거라면 납드——"

"……이봐."

쿠로노는 중년 남자의 멱살을 붙잡았다. 이 자리를 원만하게 수습하기 위해 인어 미라를 망가뜨린 건에 관해서는 사과할 생각이었고, 변상도 생각했다. 악다구니도, 매도도 감수하여 받아들일 생각이었으나, 레이라를 바보 취급당하면서까지 물러날 생각은 없다.

큰일로 번지기를 각오한 그때, 누군가가 살짝 쿠로노의 팔을 건드렸다. 반사적으로 시선을 옆으로 향하니, 거기에는 레온하르트가 있었다. 그의 오라에 압도당할 것 같았지만, 쿠로노는 맞서 노려봤다. 레온하르트가, 치트 자식이 뭐 어쨌다는 거냐. 여기서 물러났다가는 레이라의 신뢰를 잃고 만다. 그편이 훨씬 더 무섭다.

레온하르트가 시선을 향하자, 중년 남자는 압도당한 듯이 뒷걸음질 쳤다.

"마음은 이해한다만, 여기까지만 하는 게 좋지 않겠나?"

"그래그래, 레온하르트 경의 말대로라고."

레온하르트가 조용히 말을 건넸고, 어느샌가 와 있던 리오가 맞장구쳤다.

"헌상품은 안타깝게 됐지만, 학살자(슬러터)의 자식에게 싸움을 걸 각오는 없겠지?"

"학살자? 학살자 클로드 말이냐?"

"그래. 뭐, 그도 아버지 못지않게 상당한 무훈을 세웠지만."

"……"

중년 남자는 입을 다물었다. 양아버지가 어지간히도 무서운 것이리라. 얼굴이 새파래져 있었다. 레이라를 돕기는 했지만, 이래서는 화근이 남는다. 아니, 멱살을 잡은 주제에 인제 와서 겁꾸리면 어쩌자는 거냐는 생각이 들긴 하지만, 가능하면 화근을 남기고 싶지 않았다.

어떻게든 유야무야 넘길 수 없을까 생각하고 있었더니, 티리아가 다가왔다.

"티리아, 잠깐 와줘!"

"나는 황녀다만……."

티리아는 투덜거리면서 쿠로노 옆에 섰다.

"황녀 전하입니다. 인어에 대해 마음껏 말씀해 주십시오."

"오오! 황녀 전하! 저는——"

중년 남자는 티리아의 발치에 무릎 꿇고는 자신의 내력을 이야기하기 시작했다. 티리아는 한순간 놀란 듯한 표정을 지었지만, 자기가 초대한 사람이라 제대로 대응했다.

"자, 갈까."

"자, 잠깐 기다려라!"

쿠로노가 레이라의 어깨를 끌어안고 걷기 시작하자 티리아가 불러 세웠다. 하지만 멈춰 설 수는 없는 노릇이었다. 저 중년 남자도 그걸 바라고 있을 터다.

잠시 후.

"두고 봐라아아아아아!"

티리아의 목소리가 울렸다.

※

쿠로노 일행은 서관으로 돌아가 비어 있는 테이블에 앉았다. 시선을 이리저리 움직이고는 한숨을 내쉬었다. 동관에서는 무도회가 열리고 있었는데 여기서 열리고 있는 건 술잔치였다. 노인들은 바닥에 앉아 술잔을 주고받고 있고, 부인들은 즐겁게 환담을 나누고 있었다. 마이라는 따라온 사용인들에게 열변을 토하고 있었다.

"──즉, 충성이란 투자입니다. 주인님이나 사모님, 자녀분들에 대한 충성은 이익이 되어 돌아옵니다. 자신을 위해 일하고 있다고 생각하면──"

계속 들었다간 마이라를 믿을 수 없게 될 것 같았기에 쿠로노는 고개를 돌렸다.

그러자 옆에 앉아 있던 레이라가 몸을 바짝 붙였다. 평소보다 요염하게 느껴졌다.

"주인님, 조금 전에는 감사했습니다."

"당연한 일을 한 것뿐이야."

"그렇다고 하더라도, 감사합니다."

"쿠로노, 나는 방치하는 거야? 애태워지는 것도 싫지는 않지만 말이지."

반대편에서 리오가 몸을 바짝 붙였다.

"조금 전에는 고마웠어. 덕분에 살았어."

"후후, 그 한 마디로 보답받은 기분이야."

리오는 기쁜 듯이 미소 짓고는 목제 술잔에 손을 뻗었다. 입을 댄 뒤, 얼굴을 찌푸렸다.

"이게 맥주인가. 이런 걸 마셨다는 걸 일면 할아버지는 인상을 찌푸리겠지."

"맛있습니다, 맛있는 것입니다!"

"품행이 나빠. 너도 일단은 귀족이잖아?"

리오 옆에서는 페이가 입안 가득 고기를 넣고, 엘레나가 어이 없다는 듯한 표정을 띠고 있었다.

"일단이 아니라, 귀족인 것입니다."

"그래그래, 알았어. 이것 봐, 육즙이 흐르잖아."

엘레나는 손수건으로 페이의 입가를 닦았다. 쿠로노는 맞은편 자리를 바라봤다.

그곳에는 레온하르트가 앉아 있었다. 어째서 여기 있는 거지?

"어째서 레온하르트 경이 이곳에?"

"민폐인가?"

"아뇨, 그렇지는……."

쿠로노는 어깨를 움츠렸다. 아까 싸움을 중재해주었기에 민폐라는 말은 할 수 없었다. 그러고 보니 아직 감사를 표하지 않았다. 예의는 중요하다. 불필요한 적을 만들지 않고 그칠 수 있다.

"……레온하르트 경."

"뭐지?"

"조금 전에는 감사했습니다."

"고맙다는 말은 내가 해야지. 네가 싸우려는 생각을 거둬 주지 않으면 어떻게 해야 하나 하고 내심 조마조마했으니 말이다."

쿠로노가 앉은 자세를 바로 하고 머리를 숙이자, 레온하르트는 가볍게 어깨를 으쓱였다.

"게다가 그대에게는 흥미가 있다."

"그, 그건 무슨 의미인지요?"

레온하르트는 의미심장한 미소를 띠고 말했고, 쿠로노는 살짝 뒤집힌 목소리로 물어봤다.

"그런 쪽 의미가 아니다. 동관에서 날 노려본 이유를 알고 싶어서 말이지."

"아니, 그건, 그게······."

"그렇게 긴장할 필요는 없어. 레온하르트 경은 분위기 파악이 조금 서툴러서 말이야. 악의도 없이 이렇게 질문해서는 주위 사람을 곤란하게 만들거든."

쿠로노가 대답이 궁해지자, 리오가 아양 떨듯이 몸을 기대서는 속삭이는 듯한 음색으로 말했다.

"태어나면서부터 모든 걸 가지고 있는 사람은 소인의 마음을 알 수 없다는 거지."

"여전히 리오 경은 엄격하군. 그래서, 어째서 날 노려본 건가?"

"그건······ 황녀 전하에게서 당신의 이야기를 듣고, 주제넘게도 적개심을······."

"과연. 하나 더 질문해도 괜찮겠나?"

"예, 물론."

"동관에서는 눈을 돌렸는데, 조금 전에는 그러지 않았지. 어째서지?"

"거기서 물러나면 레이라의 신뢰를 잃는다고 생각했기 때문입니다."

"나는 쿠로노 경의 적이 아니었으니까 물러서도 문제없었다고 생각한다만?"

"아군이라고도 단언할 수 없었고, 무엇보다 그녀한테서 어떻게 보일지가 중요했습니다."

"확실히 어떻게 보일지는 중요하지."

레온하르트는 그렇게 말하고는 목제 술잔을 쥐고 술을 들이켰다. 와일드하게 마시는군, 하고 감탄하고 있자, 리오가 몸을 붙였다.

"벌써 취했어?"

"아니, 아직 맨정신에 가까워."

리오는 몸을 일으켜 자신의 가슴으로 시선을 내렸다.

"역시 이 가슴으로는 안 되려나?"

"사이즈에는 구애받지 않는데……."

"그렇게 미안해하지 않아도 돼. 아아, 그러고 보니 거기 하프 엘프는 쿠로노의 애인이라면서."

"뭐야, 듣고 있었구나."

"옛날부터 귀는 좋은 편이거든. 뭐, 엘프나 수인한테는 미치지 못하지만 말이야."

리오는 쿡쿡 웃었다. 정말 남자인가 싶을 정도로 요염한 미소였다.

"그래서, 어째서 하프 엘프를 애인으로 삼고 있는 거야?"

"그게 그렇게 중요해?"

"거기에 구애받는 사람은 많지. 순백이자 질서를 관장하는 신을 신앙하는 귀족이 많으니까 말이야. 그 사람들은 하프 엘프처럼 질서에서 벗어난 존재를 혐오해. 그렇지, 레온하르트 경?"

"……여기서 내게 화살을 돌리는 건가."

레온하르트는 목제 술잔을 테이블에 내려놓고 난처한 듯이 미간을 찡그렸다.

"리오 경의 말대로, 하프 엘프를 질서에서 벗어난 존재라 보는 자도 있고, 조금 전 사람처럼 어중간한 존재라며 멸시하는 자도 있다."

"종교나 제국의 가치관으로 판단하는 건 잘못되었다고 생각하는데……."

"그러면 쿠로노 경은 어떻게 생각하고 있나?"

쿠로노가 불쑥 중얼거리자, 레온하르트는 흥미롭다는 듯이 질문했다. 지금까지 생각한 적도 없었기에 막상 질문을 받으니 대답이 바로 나오지 않았다. 하지만 무엇을 기준으로 생각해야 할지는 알고 있었다.

"……인간의 근연종?"

"근연종이란 무엇이지?"

"생물로서 가까운…… 아니 뭐, 이 경우는 하프 엘프가 아니라 엘프가 인간에 가까운 종족이라는 말입니다."

쿠로노는 중학교 수업을 떠올리며 대답했다. 염색체 수가 일치하지 않으면 아이는 생기지 않을 터이기에, 인간과 엘프는 종으로서 지극히 가까울 터다.

"인간이 엘프에서 분화되었는지, 엘프가 인간에서 분화되었는지는 알 수 없지만 말입니다."

"분화? 쿠로노 경이 무슨 말을 하고 있는지 모르겠다만?"

"진화론…… 아, 진화라는 건 생물이 환경이나 돌연변이 등으로 변화하거나, 다른 종으로 갈라져 나오는 겁니다."

"생물도 가문이나 무술의 유파와 마찬가지로 분파하여 나간다는 말인가?"

"대체로 그런 느낌입니다."

쿠로노가 긍정하자 레온하르트는 복잡한 듯이 미간을 찡그렸다.

"제법 재미있는 발상이다만, 나한테는 모독적인 사고방식처럼 생각되는군."

"그래? 나는 유쾌한 사고방식이라고 생각하는데 말이야."

후후, 하고 리오는 웃으며 와인잔을 입가에 옮겼다.

"어째서 쿠로노 경은 그렇게 생각하는 거지?"

"그렇게까지 신심이 깊지 않다는 것이 이유 중 하나입니다. 신화는 인간이 편찬한 것이기에 그걸 전제로 세상을 판단하는 건 조금 저항이……."

"과연, 그런 건가."

레온하르트는 납득이 갔다는 듯이 맞장구를 쳤다.

"그러면 신은 어디에 계신다고 생각하지?"

"어디라고 말씀하셔도……."

"그리 어렵게 생각할 필요는 없어. 쿠로노 경의 생각을 알려주었으면 하는군."

쿠로노는 말을 머뭇거렸고, 레온하르트는 부드러운 음색으로 말하고는 목제 술잔에 든 술을 들이켰다.

재미있어하는 듯한 분위기이기에 옳고 그름은 신경 쓰지 않아도 될 것 같다.

"여섯 신은 불, 물, 흙, 바람, 어둠, 빛의 화신이기에 어디에나 있는 것 아닐까요? 예를 들어 그 맥주도 보리는 지면에서 나고, 물과 바람, 태양에 의해 길러져서…… 어쨌든 신이 만들고 있습니다."

"하핫, 그런가. 우리의 신은 이곳에 계셨던 건가."

레온하르트는 유쾌한 듯이 웃고는 다시 맥주를 들이켰다. 불과 어둠에 관해 파고들면 어쩌지 하고 생각했지만, 어렵게 생각할 필요는 없다는 말에 거짓말은 없었던 모양이다. 그건 그렇다 치고, 진화론에 이해를 표하면서도 모독적이라고 생각하다니, 종교는 성가신 구석이 있는 것 같았다.

"쿠로노! 잘도 날 내버려 두고 갔겠다!"

그때 티리아의 노한 목소리가 울려 퍼졌다. 문 쪽을 보니 티리아가 상자를 겨드랑이에 낀 채 다가오고 있었다. 바닥에 구멍을 뚫을 것만 같이 거친 발걸음이었다.

조금 전 일 때문인지, 레이라가 옆자리로 이동했다. 티리아는 테이블 위에 상자를 올려놓았다. 뚜껑이 열리고 미라가 나왔다. 파손 부분에 철사가 보였다. 아무래도 가짜 미라인 모양이었다.

"그 뒤로 내가——"

"자, 자, 와인이라도 마셔."

"이런 걸로 넘어갈 줄 아나!"

그렇게 말하면서도 티리아는 쿠로노에게서 잔을 받아들고는 와인을 다 마셨다.

"큰일이었네."

"남 일처럼 말하지 마라! 네가 나를 내버려 두고 간 탓이라고."

티리아는 잔을 테이블에 내려놓고, 쿠로노를 노려봤다. 레이라가 잔에 와인을 따랐다.

"미안. 힘들었지."

"그래, 바다 끝에 떨어졌다니 어쩌니 하는 말을 꺼냈을 때는 어떻게 해야 하나 싶었다."

"알아, 알아. 이야기가 지리멸렬이란 말이지."

"그렇단 말이다. 누가 봐도 지어낸 이야기다만, 함부로 대할 수도 없었다."

"황녀님이니까 말이야."

"그래. 나한테도 입장이 있다고."

티리아는 다시 와인을 들이켰다. 레이라가 빈 잔에 와인을 따랐다.

"엄청난 압박감이 있는 거지?"

"그런 거다. 뭐냐, 잘 알고 있지 않나."

티리아는 만족스러운 듯이 미소 짓고는 와인을 들이켰다. 상당히 빠른 페이스였다.

오의 · 맞장구의 효과가 훌륭하군.

"그러고 보니 사이먼과 휴고를 만났어."

"누구냐, 그건?"

"군사학교 동기야. 기억 안 나? 사이먼은 연습 때 티리아가 함정에 빠뜨린——"

"남이 들으면 오해할 소리 마라. 그건 밀고 당기는 일종의 전술이었어."

티리아는 발끈한 듯이 말하고는, 와인을 마셨다. 이번엔 절반 정도였지만.

레이라가 와인을 따라 채웠다. 훌륭한 어시스트다.

"음, 그 녀석인가. 생각났다. 그래서, 휴고는?"

"기병을 말에서 끌어 내리려다가 엄청나게 걷어차였던 녀석."

"그러고 보니 그런 녀석도 있었지. 그건 굉장했다."

"그런 일이 있었나?"

"후후, 성실하게 보러 갈 걸 그랬네."

티리아가 먼 곳을 보는 듯한 눈으로 중얼거렸고, 레온하르트와 리오가 술을 마시며 응했다.

아무래도 두 사람 다 견학하러 오지 않았던 모양이다.

사이먼은 근위기사가 될 수 있을지도 모른다며 분발하고 있었는데, 불쌍하다고밖에 말할 도리가 없다.

"군사학교인가, 그립네."

"졸업 직전까지 여기저기 머리 숙이며 부탁하고 다녔는데도 말이냐?"

"끝이 좋으면 다 좋은 법이야."

"흠, 뭔가 인상에 남아 있는 건 있나?"

티리아는 몸을 약간 앞으로 기울이며 말했다. 가슴골이 눈부셨다.

문득 군사학교에서 처음으로 티리아를 봤을 때가 떠올랐다.

"처음으로 티리아를 봤을 때, 태양 같다고 생각했어."

"그, 그러냐."

티리아는 기쁜 듯이 입가가 헤벌쭉해졌다.

"그렇게 생각한 건 그때가 마지막이었지만 말이지."

"뭐라고?!"

"연습에서 경사면을 달려 내려와 랜스 차징을 했을 때는……."

"했을 때는?"

티리아는 앵무새처럼 똑같이 중얼거리며 침을 꿀꺽 삼켰다.

"죽어! 이 망할 여자! 하고 생각했었어."

"너, 너는 그런 생각을 하고 있었던 거냐?!"

"연습 후에 논전을 걸어 왔을 때는——"

"그만 됐다!"

티리아는 쿠로노의 말을 가로막고 와인을 들이켰다. 분하다는 듯이 얼굴을 찌푸렸다.

"너는 나를 싫어하는 건가?"

"어느 쪽이냐를 따지면 좋아하는 쪽이야."

"그, 그러냐."

티리아는 부끄러운 듯이 얼굴을 빨갛게 물들이며 말했다.

"좋아! 오늘은 마시자!"

"그러면 다시금 건배하자고."

티리아가 선언하자, 레온하르트는 목제 술잔을 들었다.

"뭐에 건배하는 거야?"

"물론, 우리들의 만남에."

"으극!"

리오가 쿠로노를 곁눈질하며 말하자, 티리아는 기묘한 신음을 냈다.

"황녀 전하, 선창을."

"알았다."

레이라의 재촉을 받아 티리아는 잔을 손에 들었다.

"우리들의 만남에! 건배!!"

""""건배!""""

티리아가 잔을 높이 치켜들고, 쿠로노와 다른 이들도 그에 따랐다.

이렇게 무도회의 밤은 깊어 갔다.

※

쿠로노가 눈을 뜨자, 티리아가 옆에서 잔을 기울이고 있었다. 레이라와 엘레나는 테이블에 엎드려 있었고, 페이는 등받이에 기대어 편안한 숨소리를 내고 있었다.

"이제야 정신이 들었나."

"리오와 레온하르트 경은?"

"레온하르트 경은 돌아갔다. 케이론 백작은 모르겠군."

쿠로노는 시선을 이리저리 옮겼다. 사람의 모습은 없었다. 이미 돌아간 건 아니겠지만……

"돌아갈 준비를 하겠다며 나갔다."

"그렇구나."

"자, 그럼."

티리아는 잔을 내려놓고 일어섰다. 많이 마셨을 텐데도 흔들림 없는 발걸음이었다.

"가는구나?"

"아니다!"

티리아는 발끈한 듯이 말하고는 손을 내밀었다.

"겨우 방해꾼이 사라진 거다. 춤추지 않겠나?"

"미안. 춤을 못 춰."

"너는 정말로 어쩔 수가 없군."

티리아는 한숨 섞인 어조로 말하고는 어깨를 풀썩 떨궜다. 기껏 춤추자고 말해 주었는데 미안한 일이지만, 정말로 춤을 출 수 없는 것이다.

"정말로 춤을 못 추는 거냐? 네 나라의 춤이라도 괜찮다고?"

"내 나라의 춤이라고 해도 말이지. 포크 댄스는 동작을 잊어버렸고, 애초에 무도회에서 할 법한 춤은 TV에서 본 것밖에 없어."

"뭐냐, 네 세계에도 무도회가 있는 건가."

"뭐, 비슷한 것이려나."

"어떤 식으로 추지?"

"서로를 안고 너울너울 흔들리거나, 빙글빙글 돌거나 해."

으극, 하고 티리아는 신음한 뒤 관자놀이를 눌렀다. 아무래도 이해의 범주를 넘어 버린 모양이다.

"뭐, 뭐, 어떻게든 되겠지."

"스텝 같은 거 모르는데?"

"느낌으로 어떻게든 하는 거다, 느낌으로."

티리아는 쿠로노의 손을 잡고 끌어당겼다. 이끌리는 채로 중앙에 이동한다.

"그래서, 어떤 식으로 안지?"

"한 손은 맞잡고, 다른 한쪽은 상대의 허리에 감는 느낌."

"이, 이렇게인가?"

티리아는 쿠로노의 오른손을 잡고, 왼팔을 허리에 감았다. 가슴이 닿고 있다.

너무 가까운 듯한 느낌도 들지만, 그걸 지적하는 건 눈치 없는 짓이리라. 가슴은 정의다.

"너도 내 허리에 손을 둘러라."

"으, 응. 알았어."

쿠로노가 왼손으로 허리를 만지자, 티리아는 움찔하며 몸을 움츠렸다.

"이렇게 하고 너울너울 흔들리거나, 돌거나 하는 거로군?"

쿠로노는 티리아와 서로 끌어안은 채 몸을 좌우로 흔들었다.

춤이라고 부를 수 있을 정도로 훌륭한 건 아니지만, 술자리 뒤라면 이런 법이리라.

티리아는 쿠로노를 바라보며 작게 웃었다.

"왜 그래?"

"하프 엘프가 시비에 말려들었을 때를 떠올려서 말이다."

"그건 취미가 안 좋은데."

"그쪽이 아니고!"

티리아는 발끈한 듯이 말했다.

"그럼, 어째서?"

"네 모습을 떠올리고 있었다. 역시 너도 남자구나, 하고 감탄했다."

후후후, 하고 티리아는 기쁜 듯이 웃었다. 예쁘다고 생각한다. 황녀의 배우자를 목표로 해보는 것도 나쁘지 않으려나 하는 생각이 들었지만, 그 생각을 무의식 속의 쓰레기통에 던져버렸다. 자신의 욕심을 위해 부하를 위험에 처하게 할 수는 없는 노릇이다.

"……시간이여, 멈춰라."

"무슨 말을 하는 거지?"

"티리아랑 조금 더 춤추고 있고 싶다고 생각해서 말이지."

"그렇군."

티리아는 작게 중얼거리고는 몸을 기대 왔다.

※

조금 많이 마셨을지도 모르겠군. 그런 생각을 하며 레온하르트는 마차에서 내렸다.

공기는 차갑고 입김은 하얗다. 취기를 떨치기 위해 정원을 걸었다. 정원은 정적에 감싸여 있었다.

팔라티움 저택은 구시가지—— 제1 가구에 있다. 명문 귀족의 사저가 늘어선 구역이다.

경비병이 중점적으로 순찰하는 까닭에 치안이 좋고 소란과도 연이 없다.

레온하르트는 정원을 걸어 다녔다. 둥실둥실한 감각이 기분 좋았다.

역시, 너무 많이 마신 모양이다. 하지만 가끔은 이런 날이 있어도 괜찮다고 생각했다.

쿠로노의 이야기는 즐거웠다. 진화론도 그렇지만, 그 이상으로 그 자신이 재미있었다.

이단이나 다름없는 가치관이었으나, 그게 신선하고 상쾌하게 느껴졌다.

"……또 술잔을 주고받고 싶군."

레온하르트는 걸음을 멈추고 고개를 들었다. 달빛이 정원에 놓인 석상을 비추고 있다.

검을 치켜든 남자의 석상이었다. 남자는 팔라티움 공작가의 개조(開祖)—— 2대 황제의 동생이다.

순백이자 질서를 관장하는 신의 신위술사로, 전장에서 황제를 지키기 위해 빛이 되어 사라졌다.

신위술의 오의·신위 소환을 썼기 때문이라고 알려졌지만, 진위는 확실하지 않았다.

또 하나의 오의—— 신기 소환조차 그에 도달할 수 있는 자가 전무한 것이나 마찬가지인 상황이기 때문이다.

얼마나 연찬(研鑽)을 쌓아야 그 경지에 도달할 수 있는지 짐작도 가지 않았다.

"역시, 너무 많이 마셨나."

레온하르트가 저택으로 향하자, 메이드가 이쪽으로 다가왔다.

"레온하르트 님아!"

사투리 억양이 섞인 어조로 레온하르트의 이름을 불렀다. 메이드인 리라였다.

리라는 스커트를 걷어 올리고 뛰어와 치뜬 눈으로 레온하르트를 노려봤다.

"기다리고 있어 준 건가, 리라?"

"내뿐마이 아이다. 다들 기다리고 있었대이. 이래 늦어질 기면 내랑 할배만 기다리고 있을구로."

레온하르트는 다정하게 말을 걸었지만, 리라는 불만스러운 듯이 아랫입술을 삐쭉 내밀었다.

머리를 쓰다듬으려 했더니 손을 쳐냈다.

"애 취급 말그래이. 이래 비도 내는 연상이라카이."

"아아, 그건 미안했어."

"내 참, 참말로 알고 있는 기가?"

"알고 있고말고."

"참말인지 우짠지 의심스럽대이."

리라는 심통이 난 듯이 고개를 돌렸다. 레온하르트는 그녀의 옆모습을 바라봤다.

그녀는 추녀는 아니지만, 무도회에서 본 귀족 영애와 비교하면 현격히 뒤쳐졌다.

송곳니가 빠졌기에 입을 열고 웃으면 사이가 비어 보였다. 묶은 머리카락도 궁상스러웠다.

통통한 체형——이라는 건 조심스러운 표현이고, 가슴과 엉덩이는 쓸데없이 살집이 좋았다.

게다가 허리는 살짝 군살이 처져 있다.

일은 나름대로 잘 해내지만, 사투리가 심하고 교양도 없기에 접객에는 어울리지 않았다.

더부살이 고용인으로서 거두어진 빈농의 딸이라는 태생이니 어쩔 수 없었다.

그러다 보니 그녀를 좋게 여기지 않는 사용인도 나름 있었다.

하지만 레온하르트는 그녀에게 자유로운 발언을 허락했다.

좋은 약은 쓴 법이다. 평소에 익숙해지면 부하의 간언에 귀를 기울이기 쉽다.

"무도회는 즐거웠나?"

"그래, 덕분에 너무 많이 마시고 말았어."

"내는 술 냄시 싫대이."

"그러면 떨어져서 걷도록 하지."

레온하르트가 걷기 시작하자, 리라가 몸을 부딪쳐 왔다. 다정하게 그녀를 받아냈다.

아무리 취해 있다고는 해도, 그녀를 받아낼 수 없어서야 근위기사라는 이름에 먹칠을 하는 꼴이다.

"······무르군."

"레온하르트 님아는 짓궂대이."

리라는 삐친 듯이 입술을 삐죽거리고는 레온하르트가 입고 있는 군복 소매를 잡았다.

"술 냄새는 싫어하잖아?"

"그라니까 이래 떨어져 있는 기다."

이런이런, 하고 레온하르트는 리라를 끌면서 걸어갔다.

"오늘은 우짤 기고?"

"목욕하고 잘 뿐이야."

"그라믄 내 같이 자주꾸마. 캐도, 그 이상은 안 된대이."

"내 쪽에서 원한 적은 없는데 말이지."

"레온하르트 님아는 짓궂대이."

사실을 지적했을 뿐인데, 리라는 불만스러운 듯이 아랫입술을 삐쭉 내밀었다.

제 5 장 『붕어(崩御)』

무도회 다음 날── 쿠로노는 크로포드 저택에서 눈을 떴다. 과음해서 그런지 집으로 돌아올 때까지의 기억이 애매했다. 티리아와 춤춘 건 기억하고 있는데.

뭐, 이렇게 무사히 침대에서 눈을 떴으니 신경 쓸 필요는 없으리라.

"몸이 기진맥진하지만, 목욕 준비에는 시간이 걸리고……."

한숨 더 잘까 생각한 그때, 이불이 부풀어 있는 걸 깨달았다. 어젯밤에는 혼자서 잤던 거 같은데, 누굴 침대에 끌어들인 걸까. 레이라일까, 엘레나일까, 그도 아니면 페이일까. 마이라일 가능성도 있다. 이윽고 그것이 꿈실꿈실 움직였다.

"푸핫! 이불 속은 푹푹 찌네."

"리오?!"

"맞아."

쿠로노가 이름을 외치자, 리오는 가슴을 감추는 것처럼 엎드렸다. 어딘가 나른한 표정이었다. 마치 정사를 나눈 후 같은── 아니! 결론을 내는 건 아직 이르다! 반응을 즐기고 있을 가능성도 있다. 사실 확인을 해야만 하리라.

"리, 리오, 어, 어어, 어젯밤은──"

"최고의 밤이었어."

리오가 도취한 듯이 숨을 내쉬었고, 쿠로노는 얼굴을 손으로 덮었다. 저질러 버렸다! 하필이면 남자랑!

아니아니, 터무니없는 짓을 저지르고 말았지만 어떻게든 만회할 수 있을 터다.

이쪽이 뚫린 게 아니라면 괜찮다. 여느 때의 자신으로 돌아갈 수 있다. 그럴 터다.

"어, 어젯밤의 이, 일 말인데……."

"어젯밤이 어쨌는데? 어떻게 해서 사랑을 나눴는지 설명해 줬으면 하는 거야?"

"가, 가가, 가능하면……."

쿠로노가 각오를 굳히고 말하자, 리오가 작게 웃음을 터뜨렸다.

"하하하, 그렇게 걱정하지 않아도 괜찮아. 어젯밤에는 아무 일도 없었으니까 말이야."

"정말로?!"

"기쁜 듯한 표정을 지으면 상처받는데. 하지만 정말로 아무 일도 없었어."

"신에게 맹세할 수 있어? 거짓말을 하면 네 가족은 지옥에 떨어질 거라고?"

"쿠로노는 어린애 같은 말을 하네. 뭐, 가족이 지옥에 떨어지는 건 상관없지만."

리오는 깊게 한숨을 내쉬었다.

"알았어. 신에게 맹세코 어젯밤에는 뒤가 찔릴 만한 관계가 되지 않았어."

"다, 다행이다."

쿠로노는 휴, 하고 안도의 한숨을 내쉬었다. 리오에게는 미안하지만, 성적 취향을 소중히 하고 싶다.

"뒤가 찔릴 만한 관계가 되는 건 이제부터야."

"──?!"

리오의 눈동자가 요사스러운 빛을 발했다. 언젠가 봤던 레이라의 눈과 흡사했다. 포식자의 눈이다. 쿠로노는 도망치려고 했지만, 눈 깜짝할 사이에 리오 밑에 깔려 그를 올려다보는 처지가 되었다. 거기서 어떤 사실을 알아차렸다. 리오의 가슴이 약간이지만 부풀어 있었다. 여자인 것을 기대하고 아래쪽을 보니, 남자한테만 존재하는 기관이 있었다.

"후후, 잘 봐 둬."

"──!!"

리오가 무릎으로 서자, 쿠로노에게 존재하지 않는── 여성 특유의 기관이 드러났다.

양성구유라는 말이 뇌리를 스친다.

"놀랐어?"

"상당히 놀라긴 했는데, 그 상처는?"

쿠로노는 리오의 가슴을 쳐다봤다. 거기에는 깊은 상처가 있었다.

"이건 스스로 잘라 내려다가 그런 거야. 눈을 뜨니 침대 위였지 만 말이야."

"아래쪽도?"

"물론."

쿠로노는 리오의 하반신을 봤다. 보고 있는 것만으로도 불알이 휑한 느낌이 들었다.

"그다지 놀란 것 같지 않네?"

"놀라고는 있는데……."

쿠로노는 말을 머뭇거렸다. 엘프나 드워프, 수인, 리자드맨까 지 있는 세계에서 양성구유의 무엇에 놀라면 되는 걸까. 솔직히, 놀랄 포인트를 잘 모르겠다.

"우리 부모님도 쿠로노처럼 유들유들했다면 이런 짓은 하지 않 고 그쳤을 텐데 말이지."

"무슨 말이야?"

"쿠로노는 신귀족이니까 말이야. 아아, 이건 바보 취급한 게 아 니야."

"그건 알아."

"어젯밤에도 말했지만, 구귀족은 순백이자 질서를 관장하는 신 을 신앙하는 곳이 많아. 우리 집안도 예외가 아니라는 느낌이어 서 말이지. 그런데, 쿠로노는 순백이자 질서를 관장하는 신의 교 의에 관해 얼마나 알고 있어?"

"완고한 신이라는 것 정도밖에 몰라."

분명 엘레나도 순백이자 질서를 관장하는 신을 신앙하고 있으니까 혼전 성교는 안 된다고 말했었다. 정말인지 거짓말인지는 모르겠지만.

"나 같은 것도 질서에서 벗어난 존재라는 거지. 하프 엘프랑 마찬가지야."

"너무한 신이네."

쿠로노는 얼굴을 찌푸렸다. 신은 그런 사람들에게 더더욱 필요한 것 아닌가 하는 생각이 든다.

"다른 질문은 없어?"

"어째서, 나랑 뒤가 찔릴 만한 관계가 되고 싶은 거야?"

"하프 엘프를 애인으로 삼고 있는 너라면 나를 받아들여 줄 거 같아서. 단 하룻밤 만에 예감은 확신으로 바뀌었어. 그러니까, 나를 받아들여 줘."

"만약 거절하면?"

리오는 윗입술을 핥았다. 단지 그뿐인데도 엽기적인 느낌이 났다. 좋은 예감은 들지 않는다.

"그걸 설명하려면 나의 첫 번째와 두 번째 사랑에 관해 설명해야만 하겠네. 아아, 오해하지 않으면 좋겠는데, 나는 남성을 받아들인 적은 없고, 여성이 나를 받아들여 준 적도 없어."

"거절한 상대는 어떻게 됐는데?"

"어라, 거절당했다는 말을 했나?"

"처녀라고 말했잖아."

"처녀라, 어쩐지 쑥스럽네."

리오는 뺨을 빨갛게 물들이며 말했다.

"다시금 묻겠는데, 거절한 상대는 어떻게 됐어?"

"처음 고백한 건 본가에 있던 남자 하인이었는데, 불쌍하게도 짐승의 먹이가 되었어. 두 번째는 근위기사가 되었을 때의 동기인데, 결투로 명예로운 죽음을 맞이했지. 뭐, 결투 상대는 나였지만 말이야. 잘게 토막 내어 죽였을 때……."

"토막 내어 죽였을 때?"

"창피한 이야기지만, 느껴 버려서 말이야."

쿠로노가 앵무새처럼 되풀이하여 묻자, 리오는 부끄러운 듯이 고백했다. 터무니없는 고백이었다.

가능하면 듣고 싶지 않았다. 기억을 삭제할 수 있다면 삭제하고 싶다.

"선택의 여지가 없어!"

"결투에 이기면 문제없잖아."

"근위기사단 단장한테 이길 수 있겠냐!"

"하프 엘프는 받아들였는데 나는 받아들이지 않는 거야?"

쿠로노가 딴지를 걸자, 리오는 슬퍼 보이는 표정을 띠었다. 미아 같다고 느꼈다.

"쿠로노를 위해서라면 뭐든 할게. 근위기사단에 입단할 수 있도록 편의를 도모할 거고, 단장 자리를 양보해 줄 수도 있어. 애인 중 한 명이라도 괜찮으니까, 나를 받아들여 줘."

쿠로노는 애원하는 리오를 보며 무섭다고 느꼈다. 자신을 찬 상대를 죽이는 것도 두렵지만, 그 이상으로 이제 막 만났을 뿐인 쿠로노에게 모든 걸 바치려 하는 자세가 무서웠다. 어째서 이렇게 되고 만 걸까. 아니, 원인은 명백했다. 누구에게도—— 가족한 테조차 받아들여지지 못했기에 이렇게 되고 만 것이다.

"어때?"

"근위기사단에 들어가고 싶다는 생각은 없고, 단장 자리에도 흥미 없어."

"어째서! 근위기사단은 엘리트야! 단장 자리는 신귀족인 쿠로노로서는 바랄 수도 없는 지위일 텐데! 그렇게나…… 그렇게나 나를 받아들이는 게 싫은 거야?"

"어젯밤에도 말했지만, 친구부터 시작하는 건 안 돼?"

나는 바보인가, 하고 쿠로노는 생각했다. 목숨이 아깝다면 리오의 조건을 받아들일 수밖에 없다.

그런데도 친구를—— 불쌍한 여자를 배신하고 싶지 않다고 생각했다.

"설마, 내가 진심이 아니라고 생각하는 거야?"

"그런 게 아니야!"

"그러면 내 진심을 보여줄게. 청록이자 유전(流轉)을 관장하는 신이여."

리오가 검지를 천장에 향하자, 녹색 빛이 검지를 중심으로 소용돌이쳤다.

"간다?"

"——!!"

쿠로노의 몸이 긴장으로 딱딱하게 굳었다. 녹색 빛이 분열하여 가슴 위를 통과한 것이다. 가려움 같기도 하고 아픔 같기도 한 감각이 생겨났다. 가슴을 보니 피가 배어 나오고 있었다. 리오는 손가락으로 피를 건져 황홀한 표정으로 그걸 입에 머금었다. 요염하기는 한 만큼, 괜히 더 무섭다.

"내 진심을 알았어?"

"아파! 인제 와서 아파지기 시작했어!"

"어라, 그건 미안하게 됐네."

리오는 쿠로노 위에 엎어져 피를 할짝할짝 핥았다. 그 모습이 음탕하기 짝이 없었다.

잠시 후 리오는 몸을 일으켰다. 다리 사이에 달린 것은 기운이 넘치는 상태였다.

뭐, 그건 쿠로노도 마찬가지이지만.

"대답은 정해졌으려나?"

"응, 이젠 받아들여도 괜찮지 않을까 하는 생각이 들기 시작했어."

"정말이야? 아니, 쿠로노는 거짓말을 하고 있어! 받아들일 생각이라면 처음부터 받아들였겠지!"

리오는 기쁜 듯이 목소리를 높였지만, 이내 고개를 흔들고 부정했다.

"본심을 말해."

"이 상태에서 받아들이는 건 자기 보신 같아서 싫다고는 생각하지만……."

"생각하지만?"

"하셀을 떠나고 난 뒤로 금욕한 탓도 있어서인지, 리오가 여자로밖에 보이지 않아. 그러니까, 이젠 괜찮으려나 싶어서."

쿠로노가 웃자, 리오는 움찔하며 몸을 움츠렸다.

"으랴아!"

"꺄앗!"

쿠로노가 몸을 일으키자 리오는 쓰러졌다. 몸을 비틀고는 네발로 기는 자세가 되어 도망치려 한다.

패닉에 빠져 있는 것이리라. 그녀가 진심이 되면 쿠로노 따위 순식간에 죽여 버릴 수 있을 텐데.

"놓칠까 보냐!"

"싫어엇!"

쿠로노가 발목을 붙잡고 끌어당기자, 리오는 귀여운 비명을 질렀다.

그대로 끌어당겨 리오 위로 엎어졌다. 리오는 또다시 몸을 움츠렸다.

"다, 닿고 있어."

"말했잖아? 여자로밖에 보이지 않는다고."

"그, 그런, 이렇게나 간단하게…… 그러면, 내 인생은."

"멍하게 있는 와중에 미안하지만, 괜찮지?"

"괘, 괜찮냐고? 자, 잠깐 기다려 줘! 나는 아직 각오가!"

"아악!"

갑자기 리오가 날뛰기 시작했다. 그 찰나에 리오의 팔꿈치가 나한테 맞아 힘을 빼고 말았다. 그 틈을 찔러 리오가 포복전진으로 도망치기 시작했지만, 쿠로노는 다시 발목을 붙잡고 끌어당겼다.

"도망치다니 못된 애군! 모, 모, 못된 애한테는, 버, 벌을 주마!"

"싫엇! 범해져!"

리오가 귀여운 비명을 지른 직후, 덜컥하는 소리와 함께 문이 열렸다. 문을 연 것은 레이라였다. 그 뒤에는 마이라가 서 있었다. 텅, 하는 소리가 울린다. 레이라가 들고 있던 나무통을 떨어뜨린 것이다. 어색한 침묵이 내리깔린다.

"아냐, 오해야. 레이라, 대화를 하자."

"제, 제가 메이드 수업에 매달린 탓에 주인님이 남색에!"

레이라의 비통한 목소리가 크로포드 저택에 울려 퍼졌다.

※

"으으, 입안에서 철 냄새가 나."

쿠로노는 양아버지와 부자간의 대화—— 자유대련을 끝내고, 피 맛에 얼굴을 찡그리며 지면에 앉았다.

양아버지는 리오와의 일을 신경 쓰지 않는 분위기였지만, 양아버지의 뒤를 잡은 다음 순간, 내 엉덩이를 찌를 수 있다고 생각지마라! 하고 외치며 백핸드 블로를 먹였다.

불현듯 시야에 그늘이 졌다. 고개를 드니 리오가 미소를 지으며 이쪽을 내려다보고 있었다.

입고 있는 건 드레스가 아니라 쿠로노의 평상복이었다. 역시, 조금 가슴이 있다.

"내가 치유해 줄까?"

"내가 아버지한테 얻어맞은 건 리오 탓도 있다고 생각하는데?"

"그건 억지 트집이야."

리오는 귀엽게 뺨을 부풀리고는 쿠로노 옆에 앉았다.

"애초에 싫어하는 나를 범하려 했던 건 쿠로노잖아."

"그 부분만 들으면 리오가 피해자처럼 들리네."

"피해자라구. 뭐, 쿠로노한테도 정상 참작의 여지는 있다고 생각하지만."

리오가 가볍게 어깨를 으쓱인 직후 깡, 하는 소리가 울렸다. 소리가 난 쪽을 보니 양아버지와 페이가 싸우고 있었다. 두 사람의 무기는 평범한 목검이다. 양아버지가 노도 같은 공격을 펼치고, 페이는 공격을 피하며 틈을 찔러 양아버지의 품으로 파고들려 했다.

하지만 양아버지는 그 의도를 눈치채고 있는 듯 목검을 가볍게 휘둘러 견제했다. 물론 말이 가볍다지, 축복받은 체구에서 뿜어져 나온 일격은 뼈도 손쉽게 부술 수 있다. 물론, 힘을 얼마나 조절하느냐에 달렸지만.

"쿠로노의 부하는 움직임이 좋네."

리오는 감탄한 것처럼 중얼거렸다. 솔직히 페이가 공격에 애를 먹고 있는 것으로밖에 보이지 않는다만, 근위기사단 단장의 견해는 쿠로노와는 다른 모양이었다.

"하얀 군복을 입고 있는데, 어디에 소속되어 있었던 거야?"

"제12 근위기사단이야. 계속 잡일을 했었다는 것 같지만 말이지."

"피스케 백작이 있는 곳인가."

리오는 한숨을 섞으며 말했다.

"글러 먹은 사람이야?"

"으음~, 자기 보신 경향이 강하고, 좋고 싫어하는 게 극심하게 차이 나긴 하지만, 나름대로 능력도 있고 그렇게 나쁜 사람은 아니야."

"좋은 사람이라는 생각은 안 드는데?"

"개인적인 감상이니까 말이지."

리오는 쿡쿡 웃으면서 양아버지와 페이의 싸움에 시선을 되돌렸다. 두 사람은 조금 전과 마찬가지로 싸우고 있었다. 양아버지가 노도처럼 공격을 펼치고, 페이가 어떻게든 품으로 파고들려다가 견제당한다. 그 흐름의 반복이다. 이대로 날이 저무는 게 아닐까 하고 생각될 정도로 변화가 없었다.

"쿠로노의 부하는 뭔가 노리고 있는 걸까나?"

"신위술을 쓸 타이밍을 살피고 있는 건가?"

쿠로노는 페이를 유심히 살펴보았다. 페이의 몸에서 검은 연기는 보이지 않았다.

"아마 그거겠네. 하지만 이제 슬슬 신위술을 쓰지 않을까?"

"앗!"

쿠로노는 자기도 모르게 목소리를 높였다. 양아버지가 목검을 휘두른 직후, 페이가 가속했다. 검은 안개를 일으키며 등 뒤로 돌아 들어가 목검을 내찔렀다. 하지만 목검은 허공을 꿰뚫었다. 양아버지가 몸을 비틀어 공격을 피한 것이다. 페이가 아쉽다는 듯한 표정을 띠었다. 직후, 양아버지가 목검으로 페이의 머리를 가볍게 때렸다.

"아픈 것입니다!"

"내 승리군."

양아버지는 목검을 짊어지고 씨익 웃었다.

"어떻습니까?"

"그럭저럭 머리를 쓴 것 같은데? 신위술을 사용하지 않을까 하고 생각하게 만든 것도, 바보처럼 오로지 품으로 파고들려만 해서 내 공격을 단조롭게 만든 것도 나쁘지 않다고 생각한다. 내가 아니었다면 걸려들었을지도 모르겠군."

양아버지는 페이의 머리를 잡고는 좌우로 움직였다. 아마 쓰다듬으려는 것이리라.

양아버지가 이쪽—— 리오에게 시선을 향하고 목검을 던졌다.

리오는 목검을 잡고 일어섰다.

"다음은 네가 상대해 줘라."

"어째서 내가 그런 걸 해야만 하는 거야?"

"우리 집을 여관 대신으로 썼잖냐. 조금은 일하라고."

"그렇게 따지면 할 말이 없네."

리오는 상태를 확인하는 것처럼 목검을 양손으로 번갈아 바꿔 들면서 페이 앞에 섰다.

"잘 부탁드리는 것입니다!"

"검은 그다지 특기가 아니지만 말이야."

페이가 목검을 중단으로 들고 자세를 취했지만, 리오는 칼끝을 아래쪽으로 향한 채 자세를 취하려 하지 않았다.

의욕의 차이는 또렷했지만, 그것만으로 이길 수 있을 정도로 싸움은 호락호락하지 않다.

"살살 부탁할게."

"가겠습니다!"

리오가 한숨을 섞으며 말한 직후, 페이가 지면을 박찼다. 단숨에 거리를 좁혀 찌르기를 펼쳤다. 힘 조절 없는 진심의 일격이지만, 리오는 몸놀림만으로 공격을 피하고 페이의 등 뒤로 돌아 들어갔다. 버들이나 솜털처럼 종잡을 수 없는 움직임이었다. 쿠로노라면 순식간에 당해 버리고 말았으리라. 그건 그렇고, 이 정도 수준이면서 검은 그다지 특기가 아니라니.

리오가 아무렇게나 목검을 휘둘렀다. 까앙, 하는 소리가 울렸다.

페이가 뒤돌면서 목검을 휘둘러 리오의 공격을 튕겨낸 것이다. 리오는 의외라는 듯이 눈을 휘둥그레 뜨고는 웃었다. 그다지 내켜 하지 않는 것 같았지만 그녀 또한 일류 검사다. 강한 상대와 싸우는 게 즐거운 것이리라. 좋아하게 되는 것이 숙달의 길── 그렇지 않다면 일류 검사가 될 수 없다.

페이가 기회라는 듯이 파고들어 목검을 내리쳤다. 리오는 목검으로 공격을 막아낸 뒤, 그대로 서로 칼날을 바짝 맞댄 채 밀어내는 싸움으로 이행했다. 그대로 움직임을 멈췄다. 몸의 각 부분이 움찔, 움찔하며 움직이고 있기에 고도의 수 싸움이 이루어지고 있을 가능성이 높다.

페이도 미소를 띠고 있었다. 즐거워서 견딜 수 없다는 표정이었다. 이동(異動) 전── 제12 근위기사단에서는 마구간 청소 담당을 하고 있었다는 것 같으니 더더욱 즐거운 것이리라.

두 사람은 칼날을 맞댄 채 서로를 밀어내려는 싸움을 계속하고 있었지만, 그것도 오래 지속되지는 않았다. 페이가 힘에 맡겨 리오를 밀어낸 것이다. 아니, 다른가. 리오가 페이한테 맞춰 도약했다. 5m 정도 거리를 벌리고, 지면에 사뿐히 내려섰다. 몸에서 녹색 빛이 올라오고 있다. 청록이자 유전을 관장하는 신의 신위술이다.

"신위술 · 신의야."

"이건 리오의 승리이려나."

"아직, 승부는 나지 않았습니다!"

쿠로노가 중얼거리자, 페이가 큰 목소리로 말했다. 확실히 승부는 나지 않았지만――

"비주얼 측면에서 지고 있어."

"그, 그, 그렇지 않습니다! 신이시여, 부탁드립니다! 신위술·신의!"

쿠로노의 말을 부정하려고 한 것인지, 페이가 신위술을 썼다. 검은 아지랑이가 일어났다.

"어떻습니까!"

"역시, 비주얼에서 지네."

"그렇지 않습니다!"

페이가 반박했다. 비주얼 면에서 지고 있다는 지적이 상당히 뼈아팠던 모양이다.

"멸살입니다!"

"후후, 아쉽네."

페이가 날카로운 기합 소리와 함께 목검을 휘둘렀다. 하지만 리오는 가볍게 피하여 거리를 벌렸다. 목검을 휘둘렀을 때 발생한 풍압으로 날아가 버린 게 아닐까 싶을 정도로, 체중이 느껴지지 않는 움직임이었다.

"그럼, 조금 진심으로 간다?"

선언 직후, 녹색 궤적을 남기고 리오의 모습이 사라졌다. 주의 깊게 관찰하니 모래나 돌멩이가 부자연스럽게 움직이고 있다는 것을 알아차렸다. 물론 페이도 눈치채고 있을 터이지만, 목검을 쥔 채 시선을 이리저리 움직이기만 할 뿐, 움직이려 하지 않는다. 아무래도 그녀의 역량으로도 리오를 포착할 수 없는 모양이다. 이대로라면 일방적으로 공격당해 끝이다.

나라면, 하고 생각한 그때, 모래와 돌멩이의 움직임이 딱 멎었다. 직후, 리오가 페이의 등 뒤에 나타났다. 그대로 목검을 내리쳤다. 메마른 소리가 울려 퍼진다. 페이가 리오의 목검을 막아낸 것이다. 그것도 양아버지처럼 목검을 짊어지고. 리오는 놀란 듯이 눈을 크게 뜨고는 거리를 벌렸다.

"용케 내 공격을 막아냈네? 안 보였을 텐데."

"감입니다!"

"감?!"

페이가 정색하여 소리치자, 리오는 엉뚱한 목소리를 냈다. 심정은 잘 이해한다. 감이라는 한 마디로 사각에서의 공격을 막아낸다면 누구라도 놀란다.

"반격하는 것입니다!"

"칫!"

페이가 지면을 박차자, 리오는 분하다는 듯이 혀를 차고는 거리를 벌렸다. 접근전은 불리하다고 판단한 것일까. 아니, 낌새를 살피는 데 전념하자는 생각일지도 모른다. 상황을 봐서는 옳은 판단이지만, 정말로 옳은 선택일까 하는 불안이 솟아났다.

"공격이 닿지 않는다면!"

페이가 다시 지면을 박찼지만, 거리는 줄어들지 않았다. 실력

차이가 있어도 도망치는 데 전념하면 승부는 쉽게 나지 않는 법이다. 실력이 백중지세라도 그건 변하지 않는다.

"신이시여, 제 칼날에 축복을!"

목검 자루에서 어둠이 꿀렁꿀렁 넘쳐흘렀다. 끈적끈적한 어둠은 눈 깜짝할 사이에 목검을 전부 뒤덮었다. 신위술·축성인이다. 하지만 그걸 사용해도 리치를 늘릴 수는——

"뻗는 것입니다!"

페이가 외친 순간, 목검이 늘어났다. 아니, 목검을 뒤덮고 있던 어둠이 뻗어 칼날을 형성했다. 칼날을 늘리리라고는 생각지 않았는지, 리오는 눈을 휘둥그레 떴다.

"타아아아앗!"

"신이여!"

페이가 목검을 휘둘렀고, 리오가 빛의 벽을 전개했다. 하지만 빛의 벽은 유리가 깨지는 듯한 소리와 함께 부서졌고, 어둠의 칼날이 리오의 목덜미를 스쳤다.

"이겼——!!"

"신이여!"

"흐갸악!"

페이가 쾌재를 부르려 한 순간, 리오의 신위술이 작렬했다. 완전히 방심하고 있던 페이는 손쓸 도리 없이 날아가 지면을 데굴데굴 나뒹굴었다. 어찌어찌 일어섰지만, 휘청거렸다. 페이에게는 기습 공격이나 마찬가지였으니 당연했다.

"잘도 한 방 먹여 줬겠다."

리오는 목검을 내던지고 왼손을 페이에게 향했다. 왼손에서 녹색 빛이 넘쳐났다. 빛은 아름다웠지만, 오한이 등줄기를 타고 올라왔다. 멈춰야겠다는 생각이 든 순간 누군가의 목소리가 울렸다.

"거기까지입니다."

마이라였다. 어느새 이동했는지 리오 뒤에 서 있었다.

"저택 내에서 살인은 삼가십시오."

"전혀 기척을 느끼지 못했어."

"옛날에는 무음살인술(사일런트 킬링)의 마이라라고 불렸기에."

"할아버지한테 들은 적이 있는 이름이네."

"황송합니다. 그래서, 어떻게 하시겠습니까? 계속하시겠다면 과거의 이명대로——"

"그만할게."

리오가 항복이라는 듯이 손을 들자, 녹색 빛은 안개처럼 흩어졌다.

※

밤—— 레이라는 자신의 방에서 마이라와 서로 마주 보고 있었다.

"혹독한 수행에 잘 버텼습니다. 오늘을 기해 당신은 칠푼이 메이드를 졸업합니다. 오늘부터 당신은 견습 메이드입니다."

"교관님, 감사합니다."

"감사를 들을 만한 일은 하지 않았습니다. 전부 당신의 힘입니다."

마이라는 다정하게 레이라의 어깨를 만졌다. 자애로 가득 찬 표정이었다.

안구 안쪽이 저린다. 일찍이 이만한 달성감을 품은 적은 없었다.

"현재 도련님의 성욕은 MAX입니다. 리오 님 때는 간담이 서늘해졌습니다만, 방해할 수 있었으니 다행으로 치도록 하지요. 마음껏, 하고 오십시오."

"네! 교관님!!"

레이라는 방을 뛰쳐나가 계단을 달려 올라갔다. 쿠로노의 방문을 살며시 열었다.

그러자, 쿠로노가 진검으로 휘두르기 연습을 하고 있었다. 속옷 차림으로 땀을 잔뜩 흘리고 있었다.

쿠로노가 시선을 깨닫고 이쪽을 봤다.

"레이라?"

"주, 아니, 쿠로노 님, 방해되었나요?"

"아니, 그렇지 않아."

쿠로노가 검을 칼집에 넣고 레이라를 살며시 방에 들였다.

"조금 놀랐습니다. 쿠로노 님은——"

"자진해서 단련할 것 같지 않다고?"

"죄송합니다."

"너무하네. 이래 보여도 빼먹지 않고 단련하고 있어. 뭐, 오늘은 다른 이유지만."

쿠로노가 이쪽으로 시선을 향했다. 뜨거운 시선이었다. 분명 여자를 원하는 것이다.

"그런데, 어째서 내 방에?"

"메이드 수업이 끝났기에⋯⋯."

밤 시중을 들러 왔습니다, 하고 레이라는 작게 중얼거렸다.

"즉, 괜찮다는 말?"

"⋯⋯네."

레이라는 고개를 끄덕였다. 쿠로노는 싱글벙글한 표정을 지었다가, 당황한 기색으로 입가를 눌렀다.

자기가 그런 것처럼 쿠로노도 기쁜 모양이다.

"그럼, 문을 닫으면⋯⋯."

"네, 넵, 알겠습니다."

살짝 뒤집힌 목소리가 나와 버려 레이라는 고개를 숙였다. 어째서 이런 때에. 그런 생각을 하며 뒤돌아봤다. 쿠로노가 말한 대로 문이 아주 약간 열려 있었다. 문을 닫은 다음 순간, 뒤에서 끌어안겼다. 물론 끌어안은 것은 쿠로노다.

"쿠로노 님, 침대까지──"

"더는 못 참겠어."

쿠로노가 다급한 목소리로 말하자, 몸속이 뜨거워진다.

"괜찮지?"

"⋯⋯네, 네에."

"그럼 벽에 손을 짚어."

쿠로노가 몸을 떼자 레이라는 쿠로노가 시킨 대로 벽에 손을 짚었다. 몸을 움찔 떨었다.

서늘한 감각에 다시 몸을 떨었다. 쿠로노가 자신의 팬티를 내린 것이다.

"레이라도——"

"그, 그런 말씀 말아 주세요."

뺨이 뜨겁다. 부끄러운 꼴을 당하고 있다. 하지만, 그것마저도 기분 좋게 느껴졌다.

"그러고 보니……."

"무엇인가요?"

레이라는 쿠로노에게 등을 향한 상태로 허벅지를 뭉그적뭉그적 맞대며 문질렀다. 애태우려 하고 있다.

어째서, 하고 생각했다. 하지만 자기도 같은 기분을 맛보게 했다. 인과응보다.

그렇게 생각하니 죄송한 마음이 솟아난다.

"주인님이라고 불러 주지 않는 거야?"

"알겠습니다. 오늘 밤은 주인님이라고 부르도록 하겠습니다."

"그리고……."

쿠로노가 귓가에서 속삭인 내용에 레이라는 가슴이 크게 고동쳤다.

"말해 봐."

"네, 네에, 주인님."

레이라는 입을 다물었다. 내용은 기억하고 있지만, 입에 담기에는 용기가 부족했다.

계기가 있다면.

"말해 주지 않는 거야?"

"주인님, 이 음란한 메이드에게 자비를 베풀어 주세요."

쿠로노가 아쉬운 듯이 말하자, 레이라는 용기를 쥐어짜 내서 쿠로노가 알려준 대사를 입에 담았다.

"착한 아이네."

쿠로노가 귀를 어루만졌다. 몸에서 힘이 빠졌지만 주저앉을 수는 없어서 몸을 지탱했다.

다음 순간, 충격이 몸을 꿰뚫고 눈앞이 새하얘졌다. 다리가 덜덜 떨렸다.

"레이라, 움직인다?"

"네, 네에, 주인님. 마음껏——"

저를 탐해 주세요, 라고 말하기 전에 쿠로노는 움직이기 시작했다.

※

파나는 뭉친 어깨를 풀면서 복도를 걸었다. 라마르 5세의 침실로 이어지는 복도다.

이제부터 밤일—— 애인으로서 밤 시중을 들어야만 한다. 솔직히 거부하고 싶었다.

무도회 뒤처리도 해야 하고, 유력 귀족에게 인사도 해야 한다.

안기고 있을 여유 따위는 없다. 하지만 거부할 수 없는 것이 공첩의 힘든 점이다.

"……진절머리가 나."

작게 중얼거렸다. 진절머리가 난다고 하면 성내 경비를 담당하는 근위기사의 태도도 그렇다. 자신을 봤을 때의 반응은 딱딱한 태도로 경례하든지, 모멸적인 시선을 보내든지, 알랑거리는 듯한 시선을 향하든지 셋 중 하나다. 기왕이면 없는 존재로 취급해 줬으면 했다.

뒤틀린 심사로 걷고 있자니 누군가가 싹싹하게 말을 걸었다.

"여어, 파나 공."

뒤돌자 케이론 백작이 다가왔다.

파나의 뒤틀려 있던 심사가 다소 누그러졌다. 평판은 좋지 않지만, 몇 안 되는 친구였다.

평판이 나쁜 사람끼리인 탓인지, 같이 있으면 묘하게 마음이 편했다.

"어머, 케이론 백작. 오늘은 진지하게 일을 하고 있네."

"남이 들으면 오해할 소리를 하네. 나는 언제나 성실해."

"그러려나?"

"그렇다고."

리오 케이론 백작이 자신을 따라잡아, 파나는 걷기 시작했다. 옆을 힐끔 봤다.

그의 목덜미에 빨간 흔적이 있었다. 키스 마크가 아니라 상처였다.

"그 목은 어떻게 된 거야?"

"창피한 이야기지만, 자유대련 때 방심해서 말이지."

"당신에게 상처를 입히다니, 상당한 실력자네."

"쿠로노의 부하…… 분명, 페이라 불리고 있었던가?"

"페이? 설마, 페이 물리파인?"

"안타깝지만, 이름이랑 제12 근위기사단에 있었다는 것밖에 몰라."

"역시 페이 물리파인이 틀림없어."

"아는 사이야?"

"응, 그녀의 어머니가 궁정에서 일하고 있었어. 무척 교육에 열심이었지. 하지만 따님이 제12 근위기사단에 배속되기로 정해진 참에 세상을 떠나고 말아서……."

안타까운 일이야, 하고 새삼스럽게 중얼거렸다. 반쯤 몰락했던 물리파인 가문에서 기사를 배출하기 위해서는 수명을 깎아내는 듯한 노고가 필요했을 게 틀림없다.

궁녀의 급료는 그리 박하지 않다. 모녀가 검소하게 살기에는 충분한 수준이다. 다만 근위기사가 되는 데 필요한 교양과 무술을 익히게 하려면 한참 부족하다. 게다가 근위기사가 되려면 실력보다도 연줄이 필요하다.

"당신 쪽은 어떻게 단원을 선발하고 있어?"

"우리는 대부분 연줄이야. 하지만 군사학교 연습에서 재미있어 보이는 게 있으면 말을 걸기도 하려나? 레온하르트 경이나 엘나스 백작은 진지하게 선발하고 있고. 뭐, 엘나스 백작은 다른 데서 데려올 때도 있지만 말이지. 피스케 백작은 좋은 소문을 듣지 못했네."

그래, 하고 파나는 한숨을 내쉬었다.

"한숨 쉬지 않아도, 이제부터는 진지하게 선발토록 할 거야. 상당히 독특한 버릇은 있긴 했지만, 페이는——"

무언가가 깨지는 듯한 소리가 울렸고, 케이론 백작은 경계 자세를 취했다. 시선 끝에는 침실 문이 있었다.

"파나 공은 여기에!"

"알았어!"

리오는 표정을 굳게 다잡고 달리기 시작했다. 침실 문을 걷어차 부수고 실내로 발을 들였다.

"폐하!"

케이론 백작의 외침에 파나는 달려갔다. 침실에 뛰어들자, 그곳에는 전라로 바닥에 쓰러진 라마르 5세와 침대 위에서 멍하게 있는 젊은 궁녀의 모습이 있었다.

궁녀의 옷은 흐트러졌고, 뺨은 부어올라 있었다. 그걸로 모든 걸 이해했다. 라마르 5세는 궁녀를 덮치려다가 그녀에게 밀쳐 넘어져 바닥에 머리를 부딪친 것이리라. 문제는 라마르 5세가 죽은 것 같다는 점이었다.

케이론 백작은 라마르 5세 옆에 무릎을 꿇었다.

"청록이자 유전을 관장하는 신이여. 치유와 활성의 기적을."

"——!!"

녹색 빛이 몸을 감싸자, 라마르 5세의 가슴이 위아래로 움직이기 시작했다.

파나는 천천히 두 사람에게 다가갔다.

"폐하는?"

"유감이지만 신위술을 써서 무리하게 잠시나마 살려낸 것뿐이야. 손쓸 도리가 없어."

파나의 질문에 케이론 백작은 얼굴을 찌푸리며 대답했다. 얼굴을 찌푸리고 있는 건 신위술의 부작용에 의한 것이리라. 라마르 5세는 초점이 맞지 않는 눈으로 파나를 바라보고는 천천히 손을 뻗었다. 파나는 무릎을 꿇고 그의 손을 맞잡았다.

"……파나, 짐은, 짐은 약한 남자였다."

라마르 5세는 더듬거리며 말을 이었다.

"짐은, 무능했던, 까닭에, 동생한테 배신당하고, 약했기 때문에, 동생을 잃었다. 하지만, 짐은…… 동생을, 알포트를, 미워하지 않았다."

라마르 5세의 시선이 허공을 헤맸다.

"……클로드, 알코르, 파나, 티리아, 미안하다, 짐은, 고생을 끼치기만 할 뿐이었다."

라마르 5세는 조용히 숨을 내쉬었다.

"……짐을 살려 두고 있는 건, 누구인가?"

"리오 케이론입니다."

"이제, 됐다. 수고가, 많았다. 짐은, 이제 지쳤느니라. 잠들게, 해다오."

"폐하의 뜻대로."

녹색 빛이 사라지자, 라마르 5세의 몸이 천천히 이완되어 갔다.

"……이후의 일은, 알코르에게, 맡겨 두었다."

라마르 5세는 잠드는 것처럼 눈을 감고, 거의 말소리가 되어 나오지 않을 만큼 작은 목소리로 속삭였다.

파나, 미안했다.

그것이 라마르 5세의—— 마지막 말이었다.

제 6 장 『찬탈』

이틀 후—— 라마르 5세의 장례식은 알데미란 궁전의 구 성관에서 조용히 치러졌다. 공적을 생각하면 거국적인 장례식을 치러야 했지만, 조용히 가고 싶다는 그의 유지에 따랐다.

라마르 5세의 유해는 구성관의 대회합실에 안치되었다. 참석한 귀족들의 헌화가 끝나면 장송(葬送) 후 매장하게 된다. 하지만 대다수 귀족이 라마르 5세의 붕어를 알게 되는 건 매장 이후일 것이다. 많은 귀족은 자신의 영지에 있다. 파발마를 보내긴 하였으나 라마르 5세의 죽음이 널리 알려지기까지 상당한 시간이 소요될 터다. 그 때문에 장례식에 참석한 귀족은 궁정귀족이거나, 어떠한 이유가 있어 제도에 체재하고 있던 귀족뿐이었다.

그다운 죽음이었지. 하다못해 아들인 알포트에게 영지를 수여하고 나서 죽었으면 했는데 마지막 말이 사죄였으니까 말할 기회를 놓쳐 버렸단 말이지, 하고 생각하며 파나는 특별 제작한 관에서 영면한 라마르 5세의 평온한 얼굴을 바라봤다.

공첩이라는 점을 생각하면 우는 척 정도는 해야 했지만, 파나는 그럴 마음이 들지 않았다. 그 대신에 마음속으로 이별을 고했다. 지금까지의 일은 없었던 셈 쳐 줄 거고, 앞으로 하게 될 고생에 관해서도 원망의 말을 접어 주겠다고.

몸을 돌리니 눈앞에 벽이 있었다. 아니, 벽이 아니다. 가슴통이다. 부딪치겠다 싶어 눈을 감은 다음 순간, 파나는 부드럽게 끌어안겨 있었다. 눈을 뜨니, 거칠고 울퉁불퉁한 손이 시야에 들어왔다.

"위험하다고."

고개를 드니 백발의 남자가 웃으며 말했다. 눈빛은 날카롭지만, 신기하게도 애교가 느껴지는 미소였다.

"미안해요."

"오우, 신경 쓰지 마."

파나가 떨어지자, 남자는 관을 들여다보고는 놀란 듯이 눈을 휘둥그레 떴다.

"뭐야, 안 본 사이에 엄청나게 살쪘잖냐!"

"——!!"

남자와는 상관없는데도 파나는 주위를 둘러보고 말았다. 구귀족들이 지긋지긋하다는 듯이 이쪽, 아니, 남자를 노려보고 있다.

"그렇게나 급격하게 살이 찌면 빨리 죽는 게 당연하지! 아아, 한심하구만! 똥을 지릴 뻔하면서 도움을 요청했을 때도 한심하다고 생각했고, 동생을 처형하는 걸 제지하지 못했을 때도 한심하다고 생각했다만, 이렇게나 한심하게 죽으면 어쩌자는 거냐!"

남자는 쉴 새 없이 내뱉고 나자 직성이 풀렸는지, 관에 등을 돌리고 걷기 시작했다.

벼락출세한 놈이, 어쩜 저리 불손한, 불경죄로 투옥해 버리면 좋을 것을, 등등 구귀족들이 그런 말을 입에 담았지만 남자는 유유히 대회합실에서 나갔다. 파나도 있기 불편해져서 대회합실을 나왔다. 그러자, 남자가 알코르 재상과 이야기하고 있었다.

알코르 재상은 올해로 일흔이 되는 몸집이 작은 노인이다. 등은 굽지 않았지만, 대머리라고 표현해도 지장이 없을 정도로 머리숱이 적고, 남은 머리카락도 긴 세월의 고생을 이야기해주는 것처럼 하얗다. 머리숱이 적어진 걸 커버하려는 건 아니겠지만, 수염을 잔뜩 기르고 있다.

머리카락 이야기는 제쳐 두고, 알코르 재상이 제국의 중요 인물이라는 데 변함은 없다. 그런 알코르 재상과 이야기할 수 있다니 정체가 무엇일까. 아주 약간 흥미가 솟았다.

"대머리가 다 됐구만."

"클로드 경은 변한 게 없군."

아마도 라마르 5세가 마지막에 부른 상대가 그이리라.

폐하의 말을 전해야 할지 고민하고 있자, 남자──클로드는 파나에게 손짓했다.

"뭔가요?"

"용건이 있는 건 그쪽이잖아? 만일을 위해 말해 두겠지만, 날 유혹할 생각은 말아. 이래 보여도 나는 죽은 아내에 대한 절개를 지키고 있어서 말이지."

"어머, 자의식 과잉이네요."

"이래 보여도 젊었을 때는 인기 폭발이었다고."

파나가 웃자, 클로드는 부루퉁해진 듯이 입술을 삐죽 내밀었다. 마치 어린애 같다.

"유감이지만, 제가 당신을 보고 있었던 건 폐하의 마지막 말을 전할지 고민하고 있었기 때문이에요."

"그 녀석 성격상 보나 마나 사과의 말이겠지?"

"'미안하다. 고생을 끼치기만 할 뿐이었다'가 마지막 말이에요."

"그런가. 그 녀석답——"

"클로드 경."

알코르 재상이 말을 걸자, 클로드는 얼굴을 찌푸렸다.

"조금쯤은 감상적인 기분에 젖게 해줘도 벌은 안 받을 텐데?"

"미안하군."

"뭐, 상관없지만."

알코르 재상이 사과하자 클로드는 깊은 한숨을 내쉬었다.

"밀을 파는 시기 말인데——"

"그건 마이라한테 맡겼어. 여느 때와 같아서 문제없을 거야."

"전년도보다 밀 가격이 올라서 말일세."

"지금 팔면 가격이 폭락해 버린다고."

"그렇다면——"

두 사람은 대화를 계속했다. 어떻게 하면 밀 가격을 적정하게 유지할 수 있을지 이야기를 나누고 있는 모양이다.

아무래도 클로드에게는 시세를 조작하는 힘이 있는 듯했다. 알코르 재상과 이야기할 수 있을 법도 하다.

불현듯 클로드가 이쪽을 봤다. 심장을 꽉 붙잡힌 듯한 충격을 느꼈다.

"이쪽 아가씨한테 이야기가 들리고 있는데, 괜찮은 건가?"

"상관없네."

알코르 재상은 수염을 매만지며 호호야(好好爺)처럼 웃었다. 하지만 눈은 웃고 있지 않았다.

파나는 아무것도 할 수 없다고 확신하고 있는 것만 같았다. 확실히 그렇기는 하지만, 기분은 좋지 않았다.

"다른 건인데 말이야. 라마르가 죽어도 우리 영지는 괜찮은 거겠지?"

"우리라고 함은?"

"남쪽 변경이랑 아들의 영지인 게 당연하잖아. 노망났냐?"

"아직 노망은 나지 않았네."

알코르 재상은 쓴웃음을 지었다.

"쿠로노 경에게 에라키스 후작령을 수여한 건에 관해서는 폐하께서도 추인(追認)하셨으니 말일세."

"너는 어떻지?"

"걱정하지 않아도 접수 따위 하지 않네. 그런 짓을 했다가는 30년 전으로 돌아가 버리니 말이지."

"안심했어. 이걸로 곡물 창고에 불을 지르지 않고 그치겠군."

"나도 밀 가격이 폭등하지 않아서 안심했네."

클로드가 육식동물 같은 사나운 미소를 띠자, 알코르 재상은 뱀 같은(뱀이 웃을 수 있다면 이런 느낌으로 웃으리라)미소를 띠었다.

"그런 사태는 피하고 싶군."

"물론, 누가 황제가 된다고 할지라도 영지를 접수하게 두진 않을 걸세."

두 사람은 더욱더 깊은 미소를 지으며 교섭을 재개했다.

※

저녁── 파나는 아들인 알포트도 함께 알피르크 성에 있는 원탁의 방에 불려 나왔다. 불려 나온 건 자기뿐만이 아니었다. 각국(局) 수장인 군무국장, 재무국장, 상서국장, 궁내국장도다. 무슨 이유인지 제9 근위기사단의 케이론 백작과 제12 근위기사단의 피스케 백작도 있다.

"……어머님, 저는 이대로 죽는 걸까요?"

"지나친 생각이야."

"그렇습니까."

알포트는 휴, 하고 안도의 한숨을 내쉬었다. 그럴 리 없잖아, 하고 마음속으로 딴지를 걸었다. 제2 황위 계승자의 존재는 신속한 황위 계승에 방해가 된다. 본인에게 그럴 마음이 없더라도. 그런 의미에서는 죽여 버리는 편이 간단해서 좋다.

어째서 그 정도도 생각하지 못하는 걸까, 하고 파나는 한숨을 내쉬었다. 알포트는 15살이다. 학문과 무술을 나름의 수준으로 익혔다. 그런데도 이 꼴이다. 아무래도 자식 교육에 실패한 모양이다. 정말이지, 싫어진다.

파나가 두 번째 한숨을 내쉰 그때, 문이 열렸다. 검은 드레스를 입은 티리아 황녀가 원탁의 방에 입실했다. 티리아 황녀는 초췌한 기색으로 의자에 앉아 진절머리가 난다는 듯이 이쪽을 노려봤다. 자기가 살해당하는 미래라도 환각으로 본 건지, 알포트가 덜덜 떨었다.

내 아이지만 한심한 반응이었다. 하지만 티리아 황녀도 티리아 황녀다. 무도회 개최에 협력했으니 치하의 말을 건네주었으면 했다. 그렇지만, 그녀의 심정은 이해한다. 그녀가 보기에는 아버지를 빼앗은 도둑고양이일 테니까.

"수고가 많다. 오늘 이곳에 모이도록 한 것은 이후의 방침을 정하기 위해서다."

티리아 황녀는 시선을 이곳저곳으로 움직이며 한숨을 내뱉듯이 말했다.

"제1 황위 계승자인 내가 다음 황제가 되는 것에 이견은 없으리라고 생각한다. 물론, 나는 아버지인 라마르 5세가 쌓아 올린 지금의 제국을 소홀히 할 생각은 없다. 하지만, 에라키스 후작 건을 봐도 알 수 있듯이 군비 횡령이 있었다는 건 무시할 수 없다."

강기숙정*을 실시하여 자신과 가까운 자를 중요한 직역에 앉힐

---

*綱紀肅正: 법과 규율을 엄하게 바로잡음

생각이리라.

권력을 강화하는 상투 수단이다. 진부하지만 효과적이다.

파나는 권력에 흥미가 없었다. 관심은 오로지 어떻게 하면 평온한 생활을 보낼 수 있을지에 가 있었다.

그 방법에 관해 생각하고 있었더니, 알코르 재상이 입을 열었다.

"티리아 황녀, 괜찮겠습니까?"

"뭐지?"

티리아 황녀가 언짢은 듯이 노려보자, 알코르 재상은 천천히 일어섰다.

"실은…… 폐하로부터 유언장을 맡아 두었던지라."

"보여라."

알코르 재상은 품에서 종이를 꺼내 티리아 황녀에게 내밀었다.

티리아 황녀는 종이를 손에 쥐고 눈으로 문장을 좇았다.

"──!!"

"폐하의 유언에는 나라를 알포트 공에게 물려주겠다고 적혀 있습니다."

티리아 황녀가 숨을 삼켰고, 알코르 재상은 씨익 웃었다. 파나는 그제야 종이의 정체를 알아차렸다. 라마르 5세는 파나의 말을 따라 죽은 동생에게 나라를 양보하겠다고 종이에 쓰고 말았다. 그걸 알코르 재상이 손에 넣었다. 그렇지만, 사실을 알고 있는 건 파나뿐이다. 티리아 황녀와 사이가 좋았다면 그녀를 도왔겠지만, 파나에게는 굳이 그럴 이유가 없었다.

"이건, 확실히…… 아버지의 글자다."

티리아 황녀가 인정하자, 파나와 알코르 재상을 제외한 전원이 알포트에게 시선을 향했다. 그렇긴 해도, 알포트는 자기가 살해당하지 않고 그친다는 걸 알게 되어 가슴을 쓸어내리고 있던 참이었지만.

"어쩔 속셈이지?"

"저로서는 유언에 따라 주셨으면 하는바."

"웃기지 마라!"

티리아 황녀는 소리를 지른 뒤 유언장을 책상에 내동댕이쳤다.

"그렇다면, 과거의 알포트 공처럼 반란을 일으킬 생각이십니까?"

"그건……."

알코르 재상의 말에 티리아 황녀는 말을 머뭇거렸다. 티리아 황녀가 이의를 제기하면 호응할 귀족도 적잖이 나타날 것이다. 하지만 병사는 호응하지 않을 거다. 설령 영주가 지휘관을 맡고 있더라도, 병사는 제국의 정규병이다. 명령의 우선순위는 군무국장에게 있고, 이득이 될 무언가를 제시하지 않는 한 티리아 황녀에게는 따르지 않을 것이다.

"케이론 백작, 피스케 백작…… 티리아 황녀를 주탑으로 데리고 가라."

케이론 백작과 피스케 백작이 망설이는 것처럼 시선을 향하자, 군무국장은 조용히 고개를 끄덕였다.

"나쁘게 생각하지 않았으면 해."

"명령이라면 어쩔 수 없다."

케이론 백작과 피스케 백작이 일어서서 티리아 황녀와 거리를 좁혔다.

"그렇다면 별수 없군."

티리아 황녀는 한숨을 내쉬고는 피스케 백작을 향해 점프했다. 그의 얼굴을 팔꿈치로 가격하고, 화려한 옆차기를 날렸다. 대체 얼마나 되는 위력이 담겨 있었던 것일까. 피스케 백작은 벽에 날아가 부딪쳐 그대로 앞으로 고꾸라졌다.

티리아 황녀는 검을 휘둘렀다. 아마도 피스케 백작에게서 빼앗은 것이리라.

"황녀가 할 짓이 아니네."

"그 말을 그대로 돌려주마. 이것이 근위기사가 할 짓인가?"

"황녀 전하는 기사에 너무 큰 꿈을 품고 있어. 기사가 황족에게 충성을 맹세한다니, 그런 건 요새 유행하지 않아."

케이론 백작은 한숨을 섞으며 말했고, 검을 뽑았다.

"그러냐."

"그렇다고."

하얀빛이 티리아 황녀에게서 일어났고, 그에 호응하는 것처럼 녹색 빛이 케이론 백작에게서 일어났다. 제일 먼저 움직인 것은 티리아 황녀였다. 단숨에 거리를 좁히고 찌르기를 내질렀다. 힘 조절은 생각하지 않은, 살의로 넘치는 일격이었다.

케이론 백작은 겁먹은 기색도 없이 상쾌한 미소까지 띠고 찌르기를 피했다. 미끄러지듯이 티리아 황녀의 겨드랑이로 돌아 들어간 다음 순간, 칼끝이 튕겨 올라갔다. 새된 소리가 울렸다. 티리아 황녀가 케이론 백작의 검을 자신의 검으로 막아낸 것이다.

귀에 거슬리는 소리와 함께 케이론 백작의 검이 티리아 황녀의 손으로 향했다. 날을 맞대고 힘 싸움으로 이행할 생각일까. 아니, 손가락이나 손목을 벨 수도 있다. 평범한 검사라면 여기서 승부는 났을 터이지만, 티리아 황녀는 평범한 검사가 아니었다.

티리아 황녀는 케이론 백작의 검을 튕겨내고는 몸통 박치기를 날렸다. 이건 예상할 수 없었는지, 케이론 백작은 뒤로 뛰어 거리를 벌렸다.

"이런이런, 이 정도까지 할 수 있을 거라고는 생각지 않았어."

"이래 보여도 난 군사학교 수석 졸업이다."

"쿠로노한테는 졌지만 말이야."

"읏!"

케이론 백작이 야유하듯이 말하자, 티리아 황녀는 신음했다.

"어쩔 수 없네. 나도 조금 진심을 낼게. 가능하면 죽지 마?"

"웃기는 소리를!"

텅! 하는 소리와 함께 티리아 황녀의 모습이 사라졌다. 아마도 신위술을 써서 폭발적인 가속력을 얻은 것이리라. 칼끝이 케이론 백작을 꿰뚫었다. 아니, 꿰뚫은 것처럼 보였다고 해야 할까. 실제로는 허무하게 허공을 꿰뚫었으니까. 케이론 백작이 티리아 황녀의 등 뒤에 홀연히 나타났다.

"뒤쪽이야."

"큭!"

티리아 황녀가 뒤돌아보면서 검을 휘둘렀다. 하지만 케이론 백작의 모습은 없었다. 등 뒤에 나타났을 때와 마찬가지로 홀연히 사라져 버린 것이다.

"크악!"

티리아 황녀가 비명을 내며 몸을 뒤로 젖혔다. 그녀의 등에는 베인 흔적이 있었다. 케이론 백작이 벤 것이리라. 상황만 보고 내리는 추측이다. 파나의 눈에도 케이론 백작의 모습이 비치지 않고 있으니까.

파나는 눈을 가늘게 떴다. 그러자 녹색 빛이 보였다. 녹색 빛이 티리아 황녀를 감싸고 있었다.

"킥!"

티리아 황녀가 또다시 비명을 냈다. 이번에는 어깨에서 피가 흘렀다. 공격은 계속 이어졌다. 보이지 않는 손에 밀친 듯 티리아 황녀는 휘청거렸고, 그때마다 피가 흘렀다. 눈 깜짝할 사이에 피투성이가 되었지만, 파나는 그 모습을 아름답다고 느꼈다.

"마무리야."

"거기냐!"

케이론 백작의 목소리가 울리고, 티리아 황녀는 뒤돌아보면서 검을 휘둘렀다. 금속이 맞부딪치는 새된 소리가 울렸지만, 거기에 있던 건 검뿐이었다.

"위쪽!"

"정답! 하지만, 늦었어!"

티리아 황녀가 천장을 봤다. 그러자 거기에는 천장에 한쪽 무릎을 꿇은 케이론 백작이 있었다.

손에 활을 들고 있다. 정교하고 치밀한 세공이 이루어진 녹색 활이었다. 어딘가 모를 신성함이 느껴졌다.

"죽지 마?"

"큭, 신기(神器)인가!"

티리아 황녀가 왼손을 들자, 빛의 방패가 머리 위를 감쌌다. 약간 늦게 케이론 백작이 화살을 쐈다. 아니, 방어하기를 기다리고 있었던 것이리라. 녹색 빛이 쏟아져 내렸다. 눈을 뜨고 있기도 힘든 빛의 격류였다. 티리아 황녀는 그 빛을 막아내고 있었다.

쩌적, 쩌적 하는 소리가 울렸다. 소리는 티리아 황녀의 발밑 바닥이 압력에 굴하여 금이 가는 소리였다. 불현듯 빛이 사라졌다. 티리아 황녀는 한쪽 무릎을 꿇고 있기는 했지만, 무사했다. 적어도 중상 같지는 않았다.

"잘도——!!"

티리아 황녀는 일어나다가, 그 자리에 풀썩 주저앉았다. 힘이 다한 게 아니다. 몰래 접근한 피스케 백작이 그녀의 등에 손을 대고 마술을 쓴 것이다.

"방심은 금물이야."

"비아냥인가?"

케이론 백작의 말에 피스케 백작이 얼굴을 찌푸렸다.

"당치도 않아."

"나도 상대가 황녀 전하가 아니었다면……."

케이론 백작이 지면에 내려와 어깨를 으쓱였고, 피스케 백작은 분하다는 듯이 내뱉었다.

"그 부분은, 그 뭐냐, 계산대로라는 표정을 짓고 있으면 되는 거야."

"나는 그렇게까지 파렴치한이 아니다."

피스케 백작은 발끈한 듯이 말했다. 뒤에서 기습하는 것은 창피한 짓이 아닌 거냐고 생각했지만, 그걸 지적해도 소용없다. 원한을 살 뿐이다.

"……네놈. 뒤에서 기습하다니, 비겁한."

티리아 황녀는 피스케 백작을 올려다보며 땅속에서 울리는 듯한 목소리로 말했다.

"지는 녀석이 나쁜 거야."

"크──윽!"

티리아 황녀는 이를 악물고 몸을 일으키려 했다.

"안 된다고, 움직이면."

"큭!"

케이론 백작이 티리아 황녀의 머리를 짓밟았다. 뭐라고 할지, 무척 즐거워 보였다.

"그러고 보니 황녀 전하한테 전할 말이 있었네. 실은…… 쿠로노의 애인이 되어서 말이지."

"뭐, 라고?"

티리아 황녀는 눈을 휘둥그레 떴다. 어지간히도 충격적인 고백이었던 것이리라.

어쩌면 티리아 황녀는 쿠로노라는 인물을 연모하고 있었던 것일지도 모른다.

아니, 분명 그렇다. 그때, 어째서인지 알코르 재상이 쭈뼛쭈뼛 입을 열었다.

"쿠로노라면 클로드 경의…… 크로포드 남작의 아들이로군."

"그게 뭐 어쨌다는 겁니까?"

"아, 아니, 너희들은 남자 사이가 아니었나?"

"쿠로노는 여자로밖에 보이지 않는다고 말해 줬습니다만?"

"아, 그, 그런가. 뭐, 애인이라면……."

"그는 멋졌어."

케이론 백작은 티리아 황녀 쪽을 보며 자신의 몸을 꽉 껴안았다.

"키스만으로도 몇 번이나 가버릴 뻔했지 뭐야."

"그, 그게, 어쨌다는 거지?"

티리아 황녀는 흥분하여 높아진 목소리로 말했다. 그녀의 동요를 손에 잡힐 듯이 알 수 있었다.

"힘으로 범해질 뻔했을 때는 간담이 서늘해졌지만 말이야. 그래도 그건 처음뿐이었어. 제대로 단계를 밟아 달라고 부탁하니 받아들여 줬다고. 아아, 그는 애무도 능숙해. 내 반응을 보면서

해줘."

"크, 윽!"

케이론 백작은 득의양양한 미소를 띠었다.

"어라~? 티리아 황녀, 대미지 입는 게 눈에 뻔히 보이네? 사랑스러운 그를, 사랑하는 그를 남자한테 빼앗겼어! 커다란 가슴을 가지고 있는데도, 그렇게나 가슴을 눌러 댔는데도 그는 돌아봐 주지 않아~, 같은! 하하핫!"

"리오 케이론!!"

티리아 황녀는 일어나서 눈물이 맺힌 눈으로 케이론 백작을 노려봤다. 거기에는 나라를 빼앗기고 있는 황녀의 비애가 아니라, 남자를 빼앗긴 여자의 정념만이 있었다. 게다가 마음에 둔 사람을 남자한테 빼앗긴 것이다. 양쪽 다 비참하다는 점에는 변함이 없지만, 후자 쪽이 더 비참하게 느껴졌다.

"쿠, 쿠로노는 그런 짓!"

"후후후, 티리아 황녀는 그를 잘 모르고 있네? 그에게는 나도, 하프 엘프도, 아인도, 노예도, 평민도, 귀족도, 황녀도 똑같아. 그래서 그는 나를 안으려 해줬어. 아니, 어쩌면 그는 나 이상으로 외로움을 많이 타는 것뿐일지도 모르지만 말이야."

"아아악!"

티리아 황녀는 소리를 지르며 주먹을 내질렀다. 찰싹, 하고 주먹이 케이론 백작의 뺨에 맞았다.

그리고 티리아 황녀는 그 자리에 풀썩 주저앉았다. 아무래도

힘을 다 쓰고 만 모양이다.

"……죽이지는 않을게."

케이론 백작은 티리아 황녀를 내려다보며 상냥한 목소리로 말했다.

"혹시, 일부러 도발한 거야?"

"쿠로노를 슬프게 만들고 싶지는 않으니까 말이지."

파나의 물음에 케이론 백작은 한숨을 섞으며 대답했다.

"그런가. 그러면 조금 전 건은 거짓말이었던 거군."

"육체관계는 아직 없습니다만, 그것 이외에는 대체로 사실입니다."

"……그런가."

케이론 백작의 말에 알코르 재상은 어깨를 풀썩 떨궜다.

쿠로노라는 인물에게 개인적인 감정이라도 있는 것일까.

"자, 그럼. 나와 피스케 백작은 황녀를 성의 주탑에 넣어 두고 올게."

케이론 백작은 티리아 황녀를 둘러메고는 피스케 백작과 함께 원탁의 방을 나갔다.

"그러면 회의를 재개하지."

알코르 재상은 아무 일도 없었던 것처럼 단호하게 말했다.

"알포트 공이 황위를 잇는 상황에서 새로운 방침을 내세울 필요가 있다고 생각한다만, 무언가 의견은 있나?"

알코르 재상이 시선을 향하자, 군무국장은 조용히 고개를 끄덕였다.

아무래도 사전에 이야기는 끝마쳐 놓은 모양이다.

"……저는 대외 전략 재검토를 요구하겠습니다. 30년 전의 동란에 의해 우리나라의 영주는 3분의 2까지 축소되었습니다만, 폐하는 영토 회복을 위한 전쟁조차 인정하지 않으셨습니다."

"하지만 자유도시 국가군의 세력권을 줄이려면 상응하는 전략이 필요할 걸세."

"자유도시 국가군의 주된 전력은 베델 산맥의 용병입니다. 아시는 바와 같이, 베델 산맥은 경작에 적합하지 않은 토지로, 그곳에 사는 사람들은 오래전부터 용병으로 일하면서 생활에 필요한 양식을 얻고 있습니다."

베델 산맥의 용병은 도망치거나 의뢰인을 배신하지 않는다고 전해진다.

"하지만 베델 산맥의 용병을 무찌르려면 막대한 돈이 들지 않나? 그에 더해 자유도시 국가군이 교역로를 확보한 이상, 백성의 생활에 영향이 나오는 건 필연적이네."

베델 산맥의 용병과 교역로의 점유—— 이것이 자유도시 국가군에 전쟁을 걸기 어려운 최대의 요인이다. 전쟁을 벌이면 물자의 흐름이 멈춘다. 교역으로 이익을 얻고 있는 귀족들이 반발하리라는 것은 불을 보듯 뻔하다.

"물론 저도 자유도시 국가군과 싸울 생각은 없습니다. 하지만 지금까지 신성 아르고 왕국의 공격을 받아도 불쾌감을 표시하지

조차 못했던 것을 우려하고 있습니다."

"흠, 백성을 지키기 위해 검을 드는 것도 필요한가."

"그 말대로입니다."

무겁고 답답한 침묵이 원탁의 방을 지배했고——

"……알포트 공은 어떻게 생각하시는가?"

"예?"

갑자기 알코르 재상의 질문을 받자, 알포트의 목소리는 놀란 듯이 뒤집혔다.

"어, 아, 그게…… 제국은 신성 아르고 왕국에 몇 번이나 침공 당했고, 이대로 계속 공격받고 있을 수만은 없는 노릇이고, 불쾌감을 표시하는 편이 좋다고 생각합니다만."

알포트의 말에 파나는 머리를 감싸 쥐고 싶어졌다. 알포트는 이제 차기 황제다. 차기 황제가 불쾌감을 표시하는 편이 좋다고 말하면 그건 전쟁을 인정한다는 의미다.

"오오! 알포트 공이 그렇게까지 결의하고 계신다면 이야기는 빠르군. 알포트 공도 황위를 계승하자면 실적이 필요할 터."

"예? 예에?"

곤혹스러워하는 알포트를 무시하고 회의는 개전으로 기울어 갔다.

※

회의가 끝나고, 원탁에 방에는 파나와 알코르 재상만이 남았다.

"……의외네."

"뭐가 말이냐."

"당신이라면 티리아 황녀를 잘 다룰 수 있으리라 생각했어. 그런데도――"

"아스트레아 황후의 영향력을 강하게 만들고 싶지 않으니까 말이지."

"그럴 때를 위해서 알포트를 낳게 한 거잖아. 반란의 우두머리로 이용하기 위해서."

"그렇긴 하다만, 운 좋게 폐하의 유언서가 손에 들어와서 말이다."

알코르 재상은 한숨 섞인 어조로 말했다.

그는 아스트레아 황후를 경계하고 있다. 그야말로 병적이라고 해도 좋을 정도로. 어째서 그렇게까지 아스트레아 황후를 경계하는 것일까. 그녀의 영향력은 사라진 지 오래인데도.

"제정신을 잃은 폐하를 이용한 것뿐이잖아. 지독한 배신이야."

"나는 그 여자의 영향력을 배제하기 위해서라면 뭐든 하겠다. 그것이 폐하에 대한 배신이라고 할지라도."

알코르 재상은 애써 억누른 듯한 낮은 목소리로 말했다.

"어째서 그렇게까지……."

의문을 입에 담자, 알코르 재상은 복잡한 듯이 미간을 찡그렸다.

"너는 모르겠지만, 30년 전에 반란을 일으킨 건 아스트레아 황후다."

"철석같이 폐하가 무능해서 반란이 일어난 거라고만 생각하고 있었어."

"너도 심한 말을 하는군."

"심한 짓을 당했는걸. 이 정도는 말해도 되겠지."

"그렇군……."

알코르 재상은 신음하듯이 말했다. 다른 사람을 버린다는 결단을 할 수 있는 인물이기는 하지만, 정이 없는 건 아니다. 그렇기에 라마르 5세는 그를 신뢰하고 있었던 것이리라.

"폐하는 알포트 공에게 황위를 물려줄 생각이셨다. 무능한 자신이 황제가 되는 것보다도 우수한 동생이 황위를 잇는 편이 좋다고 생각하고 계셨지. 반대하는 자도 많았지만, 폐하는 한 사람한 사람 설득하며 다니셨다."

하지만, 하고 알코르 재상은 뒷말은 이었다.

"결국 우리는 굳건히 뭉칠 수 없었다. 불만을 입에 담는 아스트레아 황후에게 마음속 어딘가에서 공감하고 있었다. 그래서 반란이 일어나고, 알포트 공은 처형당했다."

"아스트레아 황후는 불만을 입에 담은 것뿐이야?"

"글쎄, 어디까지 관여하고 있었을지."

알코르 재상은 작게 고개를 저었다. 파나는 그의 일면을 이해할 수 있었다.

그는 아스트레아 황후를 미워하여, 지금도 그녀의 손바닥 위에서 놀아나고 있는 게 아닐까 하고 의심하고 있다.

두려워하고 있다고 말해도 좋을지도 모른다. 게다가 죄악감을 품고 있다.

내란을 멈추지 못했던 것이 아니라, 내란으로 발전하는 것을 멈추지 못했던 것에 대해서다.

그러한 감정들이 뒤범벅으로 섞여, 티리아 황녀를 계략에 빠뜨리지 않을 수 없었던 것이리라.

"……전쟁도 뭐든 하겠다는 것 중 하나야?"

"적을 이기기 위해서라는 대의명분이 있으면, 알포트 공을 중심으로 한 국가 체제로 이행시키는 것도 어렵지 않겠지. 물론, 제국이 방비를 굳히기만 하는 건 아니라고 주위에 나타내려는 의도도 있지만……."

"티리아 황녀는 어떻게 할 셈이야?"

"한동안은 주탑에 가둬 둘 거다."

"그 후에는?"

"……."

알코르 재상은 침묵했다. 아마도, 죽이기에는 아깝다고 생각하고 있는 것이리라.

본인은 인정하지 않을지도 모르지만, 그는 구두쇠다. 이용 가치가 있는 것을 쉽게 버리지 않는다.

"네 희망은?"

"으음, 그냥 결혼시켜 버리면 되는 거 아니야?"

"타국에 시집 보내도, 국내 귀족에게 시집 보내도 성가시게 될 텐데."

"꼭 그럴 거라고 단정할 수는 없어."

"어째서 그런 말을 할 수 있지?"

"여자의 감이야."

"……."

알코르 재상은 말이 없었다. 말없이 얼굴을 찡그리고 있다. 실례인 남자다.

"감시를 붙여서 제도에서 쫓아내면 돼."

"……생각해 두지."

그는 조금 뜸을 두고 대답했다. 파나가 할 수 있는 건 여기까지다.

나머지는 알코르 재상에게 달렸지만, 바라건대 티리아 황녀는 사랑하는 남자와 생애를 함께 했으면 했다.

자신에게도 사랑하는 소녀를 응원할 자격 정도는 있으리라.

※

이그니스는 언덕 위에서 호반에 펼쳐진 아름다운 도시의 풍경을 바라봤다. 신성 아르고 왕국 왕도 카노푸스—— 초대 국왕은 산간에 있는 호수의 아름다움에 감명받아 이 땅을 왕도로 정했다고 전해지고 있지만, 진위는 확실하지 않다.

아마도 초대 국왕은 대군으로 공격하기에 적합하지 않은 지형이라고 생각하고 이 땅을 왕도로 정한 것이리라. 하지만 이렇게 카노푸스를 내려다보고 있자면 전승이 사실인 것 아닐까 하는 생각이 든다. 장군에게 걸맞지 않은 사고방식이군, 하고 이그니스는 연병장에서 훈련에 힘쓰는 병사에게 시선을 옮겼다. 보병이 4천, 기병이 1천―― 합계 5천으로 구성된 군이다.

바람이 불어와 오른쪽 소매가 펄럭였다. 이그니스는 얼굴을 찌푸리고는 오른쪽 소매를 붙잡았다. 씁쓸한 기억이 되살아났다.

반년 전, 이그니스는 레굴루스 왕태자와 함께 케페우스 제국에 침공했다.

레굴루스 왕태자의 무용을 나타냄으로써 발언력을 높이고 신전에 대항하기 위해서였다.

신성 아르고 왕국은 신전의 권위를 배경으로 나라를 통합해 왔다.

처음에는 잘 풀렸다고 하지만, 이그니스는 그 시대를 모른다.

철이 들었을 무렵에 신전은 이미 제사를 명목으로 국정에 개입하고 있었다. 지금은 더욱더 심하다.

상비군의 4할을 지배하에 두고 기부라는 명목으로 세수의 2할을 뜯어간다.

침공이 잘 풀리면 이 흐름을 멈출 수 있었다. 멈추지는 못하더라도 느릿하게는 바꿀 수 있었을 터다. 그런데도 이그니스는 패했다. 이를 악물고 오른쪽 소매를 강하게 쥐었다.

"잃어버린 오른팔이, 오른팔이 쑤시는군~."

"……."

놀리는 듯한 목소리가 났고, 이그니스는 말없이 언덕 기슭을 바라봤다. 그곳엔 노출도가 높은 드레스를 입은 여자가 술병을 한 손에 들고 앉아 있었다. 물결치는 듯한 검은 머리카락의 소유자다. 눈매는 부드러워 보였지만, 칠흑색 눈동자에는 영혼 속 깊은 곳까지 꿰뚫어 보는 듯한 빛이 깃들어 있다. 그녀는 칠흑이자 혼돈을 관장하는 여신의 신위술사다. 게다가 칠흑 신전의 대신관——최고 권력자이기도 하다.

"대신관님, 저는."

"'할망구'에, '나' 쪽이 더 내 취향이다만?"

"20년 이상이나 전의 일을 아직도 구시렁구시렁하고."

이그니스는 이를 빠드득 갈았다. 칠흑 신전의 대신관—— 할망구는 처음 만났을 때와 무엇 하나 변하지 않았다. 민초들 사이에 섞여 술과 맞바꾸어 신위술을 행사한다. 어릴 적에는 재능을 낭비하는 듯한 할망구의 삶의 방식에 분노를 느꼈지만, 지금은 부럽다는 생각마저 들었다.

"네가 바란다면 그 오른팔을 되돌려줄 수도 있는데?"

"쓸데없는 오지랖이다. 나는 자신의 무능함으로 오른팔을 잃은 거다. 게다가……."

"게다가?"

할망구는 이그니스의 대답을 기대하는 것처럼 눈을 가늘게 뜨

고 미소를 지었다.

"죽은 병사가 돌아오지 않는데, 내가 오른팔을 되찾아도 괜찮을 리가 없다!"

"크하하핫! 거참 보기 좋게 오기를 부리는구나!"

이그니스가 소리치자, 할망구는 술병을 껴안고 데굴데굴 굴렀다.

"신전을 떼어내지 않으면 이 나라는 끝장이라고."

"그건 저도 알고 있습니다."

갑자기 할망구가 진지한 표정으로 말했기에, 이그니스는 장군다운 말투로 대꾸했다.

"하지만, 조급하게 굴어서는 안 돼."

"말하지 않아도 알고 있다."

이그니스는 발끈하여 받아쳤다. 할망구의 말이 반년 전의 침공을 비난하는 것처럼 느껴진 것이다. 지금 와서 돌이켜 보면 좀 더 신중하게 행동했어야만 한다고 생각한다. 마음이 조급했던 건지, 자신의 힘을 과신하고 있었던 건지. 혹은 그 양쪽 다인지. 어느 쪽이건 커다란 실패를 저질렀다는 건 분명하다.

"견실하게 노력해, 견실하게."

"알고 있다."

역시, 발끈하여 대꾸한다. 하다못해 내정에 전념할 수 있다면 하는 생각이 들었지만, 지금 상태로는 무리다.

국경 부근에서는 케페우스 제국과의 작은 전투가 이어지고 있다.

장군직에 있는 이그니스는 언제 불려 나갈지 알 수 없는 것이다.

"대체, 어떻게 하면……."

이그니스는 하늘을 올려다봤다.

쿠로노 전기

이세계 전이한 내가 **최강**인 건

침대 *위*에서만인 것 같습니다

제국력 430년 12월 초순—— 쿠로노는 서류에 서명하고, 서명이 끝난 서류 위에 올려놓았다.

노점 영업 허가에 관한 서류다. 심사가 느슨해서인지, 희망자가 끊이질 않았다.

수학적으로는 미세한 증가가 계속되고 있다는 느낌이지만, 확실한 반응이 느껴졌다.

그렇지만 낙관할 수는 없다. 농민도, 농작물도 유한하다. 한계점에 도달하는 날이 반드시 온다. 대책을 마련해야만 한다.

그런 생각을 하고 있었더니, 문을 두드리는 소리가 울렸다.

너무 크지도 않고, 작지도 않은 절묘한 힘 조절이었다. 이렇게 두드리는 건 앨리사가 분명하다.

"들어와!"

"실례하겠습니다."

쿠로노가 목소리를 높이자, 조용히 문이 열렸다. 앨리사는 공손하게 고개 숙여 인사한 뒤 입실했다.

"주인님, 제도에서 서한이 도착했습니다."

"가지고 와줘."

"알겠습니다."

앨리사는 조용조용 다가와 책상 위에 서한을 올려놓았다. 쿠로노가 서한을 열어볼 즈음에는 책상에서 떨어진 장소로 이동한 상태다. 쓴웃음을 지으며 서한에 시선을 떨궜다가, 일어섰다. 앨리사가 깜짝 놀란 표정으로 이쪽을 봤다.

"앨리사, 미노 씨를…… 아니, 내가 직접 가겠어."

"알겠습니다."

어조에서 눈치채 준 것이리라. 앨리사는 재빨리 고개를 숙였다. 쿠로노는 망토를 걸치고 집무실을 뛰쳐나갔다. 안 좋은 예감은 들고 있었다. 황제의 붕어, 티리아가 병으로 쓰러졌다는 것──모든 것이 이어져 있는 듯한 느낌이 들었다.

"하지만, 설마……."

신성 아르고 왕국과 전쟁, 이라는 말을 아슬아슬한 곳에서 삼켰다. 언젠가 탄로가 난다고 하더라도, 미노와 이야기할 때까지는 입을 다물고 있어야만 하리라.

젠장! 하고 쿠로노는 작게 악다구니를 내뱉었다.

쿠로노 전기

이세계 전이한 내가 **최강**인 건
침대 위에서만인 것 같습니다

후기

이번에는 『쿠로노 전기 3 이세계 전생한 내가 최강인 건 침대 위에서만인 것 같습니다』를 구매해 주셔서 진심으로 감사드립니다. 1권, 2권을 구매해 주신 여러분, 고맙습니다. 덕분에 판매량 호조입니다. 담당 S님, 조력해 주셔서 정말로 감사합니다. 엘레나는 어떤 복장이 좋으신가요? 라는 질문을 받고, 정조대라고 대답한 후의 침묵을 잊을 수 없습니다. 무츠미 마사토 선생님, 이번에도 멋진 일러스트를 그려 주셔서 감사합니다. 캐릭터 디자인, 컬러 삽화, 흑백 삽화 전부 훌륭하다고 생각합니다. 여성 캐릭터도 근사하지만, 남성 캐릭터도 멋집니다. 특히 이그니스 장군의 신경질적인 부분 같은 건 최고라고 생각합니다. 마지막으로 4권에 관해—— 전투 파트입니다. 쿠로노 일행의 활약을 기대해주세요.

별건입니다만, HJ노벨에서 『사십 줄 아저씨는 슬로우 라이프의 꿈을 꾸는가?』 1권, 2권 발매 중입니다. 이 기회에 손에 들어와 주신다면 기쁘겠습니다.

Kurono senki 3 Isekaiteni sita boku ga saikyou nanoha bed no uedake no youdesu
©Ayumu Saito
Originally published in Japan in 2019 by HOBBY JAPAN CO., Ltd.
Korean translation rights ©2020 by Somy Media, Inc.

쿠로노 전기 3 이세계 전이한 내가 최강인 건 침대위에서만 인 것 같습니다

2021년 7월 15일 1판 1쇄 발행

저　　　자	사이토 아유무
일 러 스 트	무츠미 마사토
옮 긴 이	주승현
발 행 인	유재옥
본 부 장	조병권
편 집 1 팀	박소연 이준환
편 집 2 팀	박치우 정영길 조찬희 조현진
편 집 3 팀	곽혜민 오준영
라이츠담당	한주원
디 지 털	박상섭 이성호 최서윤
미　　　술	김보라 서정원
발 행 처	㈜소미미디어
인쇄제작처	코리아피엔피
등　　　록	제2015-000008호
주　　　소	서울시 마포구 토정로222, 403호 (신수동, 한국출판콘텐츠센터)
판　　　매	㈜소미미디어
마 케 팅	한민지
전　　　화	(02)567-3388, Fax (02)322-7665

ISBN 979-11-6611-963-7
ISBN 979-11-6507-870-6 (세트)